02

Author
熊乃げん骨
Illustration
無望菜志

魔王と竜王に育てられた少年は学園生活を無双するようです

The Boy trained by the Demon King and the Dragon King, shows absolute power in school life

勇者の末裔
シャルロッテ
「なんであんたもいるのよ！　邪魔しないでくれる？」
元村人の魔竜士
ルイシャ

吸血鬼
アイリス
「私がルイシャ様に
付き従うのは当然のこと。
諦めるのをお勧めします」

「あなたに貰ったこの力で、
僕はあなたを超える！」

「たとえ泥を啜り血に塗れようと
必ず勝つ!!」
剣将
コジロウ

「あの……お手柔らかに
お願いします」

「申し訳ありませんが、
そのお願いだけは
聞くことができません……♥」

The Boy trained by
the Demon King and the Dragon King,
shows absolute power
in school life

02

CONTENTS

魔王と竜王に育てられた少年は学園生活を無双するようです

The Boy trained by the Demon King and the Dragon King,
shows absolute power in school life

02

Author
熊乃げん骨
Illustration
無望菜志

イラスト／無望菜志

第一話 少年と追跡者と特別講師

王都エクサドリア正門前。

そこには今日も王都の中に入りたい人たちが列を成していた。

「はいはい、ちゃんと一人ずつ並んでね！」

そう言って列を整理するのは門番のカルロス・モーン。この職について勤続二十年の大ベテランだ。先月に初孫が生まれ、益々《ますます》仕事に精が出ている。

もう四十歳を超えているとは思えないほどの手際で入都希望者たちの対応をしていく。

「はい、次の人……ん？」

今までテキパキと作業をこなしていたカルロスの動きが突然止まる。その原因は彼の目の前にいる人物にあった。

「む、どうした御仁」

そう渋い声を発したのは不思議な格好をした剣士だった。

着流しと呼ばれる和服に身を包み、頭部には平たい笠《かさ》を被《かぶ》っている。そして腰には二メートルはある長い刀、いわゆる侍と呼ばれる剣士の服装だ。

カルロスも侍の存在は知っていたが、侍は数が少ない珍しい職《ジョブ》。目にするのは初めてだった。

「あ、ああ済まねえ。初めて侍に会ったもんで驚いちまった。ええと、じゃあ入国証を見せて貰《もら》えるか？」

「入国証？　それなら国境を越えた時に関所で見せたのだが、それでは不足あったか？」

「最近は関所を迂回《うかい》して入ってくる奴《やつ》も多くてな。王都に入る時も見せて貰ってんだ、悪いな」

「むう、そういうことなら仕方あるまい」

そう言って侍は胸元から入国証を取り出しカルロスに見せる。

「うん、確かに本物の入国証だな。通っていいぞ。ところで侍が王都になんの用だ？」

初めて侍に会ったカルロスは彼のことが気になり思わずそう尋ねる。すると侍は困ったようにこう答えた。

「仕事……そう、ただの仕事で参ったに過ぎぬ」

彼はそう言い残し王都の中に足を踏み入れる。果たさねばならないことを、成し遂げるために。

◇　◇　◇

「おっはよー！」

教室の扉を開けながら黒髪の少年がそう声を上げると、既に教室の中にいたクラスメイトたちがそれに反応する。

「ようルイシャ、今日もよろしくな！」

「おはよールイシャ。ねえ聞いてよまたバーンが馬鹿やってさ」

「おいチシャ！　それは言わねえ約束だろ!?」

大きな声で楽しそうに話すクラスメイトたち。まだ一月ほどしか経《た》っていないというのに彼らは長年の親友のように仲良くなっていた。

しかしそれは一人を除いて、の話だった。

「…………」

一人窓から外を眺める少女、彼女の名前はアイリス。背中まで伸びた眩《まばゆ》い金髪に紅《あか》く綺《き》麗《れい》な瞳が特徴的な美少女だ。身長はルイシャよりも高く、出るところはしっかり出ながらも手足と腰回りは引き締まっており、作り物ではないかと疑問を抱くほど完璧な体型をしていた。

そんな彼女が椅子に座りながら窓の外を眺める風景は非常に神秘的で話しかけづらい雰囲気が出ているのだが、Ｚクラスの面々はそれに屈することなく話しかけ続けた。しかし……彼女の重い沈黙を破ることは出来なかった。

だが何回無視されても諦めないクラスメイトがいた。

「あのぅ、ちょっといいですか……？」

おずおずとアイリスに声をかけたのは白いローブを身にまとった女生徒だった。

彼女の名前はローナ。大きくてまん丸な目と茶色のショートカットが特徴的な小動物系の女の子だ。性格はおっとりしていて誰にも分け隔てなく優しい彼女は変わり者の巣窟であるZクラスの癒し枠である。

既にアイリス以外のクラスメイトと友達になった彼女はアイリスとも友達になろうと、事あるごとに話しかけるのだが、その成果は芳しくなかった。

「あのー、アイリスちゃん？」

「………………」

アイリスは相変わらず窓の外を眺めるばかりでローナに顔を向けすらしなかった。清々《すがすが》しいまでの無視、アイリスに話しかけたクラスメイトたちはみなこの攻撃をくらい戦闘不能になっていたのだがローナはへこたれていなかった。

「ねえ、アイリスさんは好きなものとかあるの？　教えて欲しいな」

「……あなたもしつこい人ですね。無視しているのが分からないのですか？」

「わ！　やっと話してくれた！　嬉《うれ》しいなあ！」

「……やってられませんね」

呆《あき》れたようにそう言い放つアイリス。

そんな二人の様子を見ていたルイシャは眉をひそめながら呟《つぶや》く。

「うーん、ローナでもダメかあ」

せっかく一緒のクラスになれたのだからみんなで仲良くやっていきたいとルイシャは考えていた。最初は険悪な態度を取っていた獣人の青年『ヴォルフ』も、共に事件を乗り越えたことで仲良くなれた。きっと彼女とも仲良くなれるはずだとルイシャは考えていた。

「何かいいキッカケがあればいいけど……」

その後もローナは懸命に彼女に話しかけたのだが、結局この日はこれ以上アイリスから言葉を引き出すことは出来ないのであった。

◇　◇　◇

ルイシャが初めてそれに気づいたのは、放課後にワイズパロットのパロムと遊んでいる時だった。

「……ん？」

何かに見られているような気配を感じて後ろを振り向くルイシャ。だがその視線の先には木々が葉を揺らしているだけで人の姿は一切なかった。

ルイシャの言葉にパロムは「クエ？」と首をかしげる。どうやら何も感じなかったようだ。

「気のせい、なのかな？　パロムは何も感じなかった？」

「うーん、まあ気にしてもしょうがないか。じゃあ続きをしようか」

そう言うとルイシャは複数のフリスビーをパロムの前方に投げる。

するとパロムはそれを追うように大きな翼を広げて飛び立つ。

「パロム！　風巻《ウインド》だ！」

「クエぇ！」

パロムはルイシャの指示に従い羽を羽ばたかす。

すると小さな竜巻が複数現れ、的確にフリスビーを撃ち落としていく。

「全弾命中！　すごいよパロム！」

「クエっ♪」

ルイシャが褒めるとパロムは嬉しそうな鳴き声を上げながらルイシャに自分の頭をゴシゴシと押し付ける。

パロムはつい最近まで盗賊団に捕まっていて、冷たく暗い檻《おり》の中で過ごしていた。なのでそこから救い出してくれたルイシャに物凄《ものすご》く懐いているのだ。

「はは、分かったって。ほらちゃんと撫《な》でるから」

ルイシャは甘えてくるパロムの頭を強めに撫でる。

するとパロムは「キュ〜」と甘えた鳴き声を上げる。体こそ大きいがパロムの年齢は四歳ほど。まだまだ甘えたい盛りなのだ。

そんなパロムをあやしながらルイシャは先ほど感じた視線のことを考える。

さっきのはただの視線じゃなかった。とても強い憎しみ、『殺気』と言っても過言じゃないほどの思いを感じた。いったい誰が……？

結局その日はそれ以降視線を感じることはなかったが、ルイシャはこの後もこの視線に悩まされることになるのだった。

◇　◇　◇

初めて視線を感じてから三日後。

ルイシャは疲れた様子で自分の机に突っ伏していた。

そんな彼を心配して隣の席の少女、シャロが声をかけてくる。

「どうしたのルイ？　昨日よく眠れなかったの？」

「いやちょっと色々あってね……」

色々、というのは数日前の謎の視線の件だ。

あれからルイシャは外を歩いている時、自室にいる時、学校にいる時、場所や時間を問わず様々な場面であの視線を感じていた。

しかしそれに気づいて振り返るとその視線は消え失《う》せてしまう。今のところ視線を感じる以外のことは起きていないのだがルイシャの精神はそのせいですり減っていた。

「何かあったなら力を貸すわよ？」

「いや大丈夫、もうすぐカタをつける予定だから」

「そう。まあルイがそう言うなら心配ないわね」

ルイシャに全幅の信頼を寄せているシャロは心配するのをやめ授業の支度を始める。ルイシャはこのシャロのいい意味でサバサバしたところが実は好きだったりする。

「じゃあ僕も授業の準備をしようかな」

そう言って机の中に手を伸ばした瞬間、ルイシャはあの「視線」を感じる。

「!!」

急いで振り返るルイシャ。しかしそこにはよく見知ったクラスメイトたちしかいなかった。

謎が深まる視線の正体。

しかしルイシャは焦らず冷静だった。

「誰か知らないけど、次はこっちの番だ……！」

ルイシャはまだ見ぬ視線の主にそう宣戦布告するのだった。


その日の放課後。

ルイシャは一人で王国の外に出ていた。

そして王国から出て徒歩二十分ほどで着く森の中に足を踏み入れていた。

（……よし、追ってきているみたいだね）

後方に意識を集中してみると自分を追ってくる気を感じる。

人数は一人。その人物はルイシャとかなり距離を取っており、更に魔力の放出も抑えているため普通の人は気づかないだろう。しかし「気」を探知出来るルイシャは追跡者を感知していた。

「ここらへんでいいかな？」

森の中に入って数分後。

少し開けた場所に着いたルイシャは立ち止まる。

そして近くに落ちていた棒を拾うと地面に何かを書き始める。

「～～～♪」

鼻歌を歌いながらルイシャは地面に模様のようなものを書いていく。

そして二分もするとルイシャの書いているものの正体が分かってくる。

それは「魔法陣」だ。

魔法陣は丸い模様の中に五芒星《ごぼうせい》を書き、その周りに古代語を書くことで完成する。

魔法陣には二つの効果がある。

一つは魔法の効果を高める効果。魔力消費を少し減らしたり、魔法の効果を少し上げたり出来るが一回魔法を使うと魔法陣は消えてしまうため手間がかかりあまりこれは使われない。

なのでもっぱら魔法陣が使われるのは二つ目の効果が目的だ。

それは「結界」。魔法陣には結界を安定化させる効果があるのだ。

魔法陣がなくとも「結界魔法」は使えるが安定性が全く変わってくる。そのため「結界」と「魔法」はワンセットで使われることが非常に多い。

ルイシャが魔法陣を作ったのも後者のためだ。

「よし、魔法陣起動！」

ルイシャが魔法陣に手を置き、魔力を込めると魔法陣が光り出す。無事起動した証拠だ。

「……しまった！」

そう声を出したのはルイシャを追っていた謎の人物。

魔法陣が起動したのを見て自分が嵌《は》められたことに気づく。

急いでルイシャから離れようとするがもう遅い。

すでにルイシャはその人物を捉えている。

「暗黒結界魔法……鳥籠！」

ルイシャが魔法を完成させると地面から黒い鉄柱が無数に生えてくる。

円を描くように生える鉄柱はルイシャとその追跡者を囲むように空へ伸びていく。そして天に生えた鉄柱同士は上がるにつれ段々閉じていき、結合する。

その形はまるで大きな鳥籠のようだった。

「くっ！　こんなもの！」

追跡者は必死に鳥籠を攻撃し逃げようとするが、この結界の強度は凄《すさ》まじくヒビすら入れることが出来ない。

それもそのはず、この結界魔法は魔王テスタロッサ直伝の結界術。特殊な効果こそないがその強度は折り紙付きだ。

「やっと会えたね」

ルイシャは結界から逃げられなくなったその人物に近づく。

「いったい誰なん……へ？」

追跡者の顔を見たルイシャは素っ頓狂な声を上げる。

なぜならルイシャはその人物を知っていたからだ。いや知ってるどころではない。

なぜならその人物はルイシャのクラスメイトだったからだ。

「なんで君が……？」

ルイシャが問いかけるとその人物はルイシャを強く睨《にら》みつける。

その追跡者……「アイリス・フォンデルセン」は殺気を隠そうともしない。

黄金に輝く美しい長い髪と、ルビーのように透き通った赤い色の瞳。すれ違った人のほとんどが目を奪われてしまうほどの美貌を持ったその少女は、ルイシャが唯一仲良くなっていないZクラスのクラスメイトだ。

「まさか私が捕まってしまうとは……やはり貴方《あなた》は危険、目をつけていて正解でした」

そう言って彼女は猛禽類《もうきんるい》のごとき鋭い視線でルイシャを睨みつける。その視線に混ぜられた痛いほどの殺気にルイシャは危機感を覚える。

「ちょ、ちょちょちょちょっと待ってよ!? なんで君と僕が戦わなくちゃいけないの!?」

ルイシャが戸惑うのも当然。

二人は数えるほどしか言葉を交わしたことがないからだ。

しかもその少ない会話もルイシャから一方的に話しかけ無視されている。なのでなぜ自分が恨まれているか全く心当たりがなかった。

「問答無用。我が主人の仇《かたき》、取らせていただきます」

アイリスは冷たくそう言い放つとルイシャに向かって物凄い速さで駆け出す。

そして速さそのままに美しいフォームで回し蹴りを放ってくる。狙いはルイシャの頭部、常人なら確実に死に至るであろうその鋭い蹴りを、ルイシャは右腕でガードして受け止める。

最大限の警戒をしていたルイシャは気功の力で腕を硬化していた。その硬さは抜き身の剣を受け止められるほどだ。

しかし。

アイリスの蹴りは気功で硬くしたルイシャの腕にダメージを与える。

「いっ……た……！」

予想を超える痛みにルイシャの反応は少し鈍る。そしてアイリスはその隙を見逃さなかった。

「鮮血の刃《ブラド・エッジ》!!」

アイリスの指先から放たれたのは血液を凝固して作られた、三日月形の紅《あか》い刃。それを腹部にくらったルイシャは後方に吹っ飛び、木に激突してしまう。

アイリスの放った魔法は巨岩ですら易々《やすやす》と両断する威力を誇る。マトモに当たれば致命傷は免れない。それを知ってるアイリスは自らの勝利を確信し、静かに笑みを浮かべる。

「仇は取りましたよご主人様……」

そう言ってその場を去ろうとするアイリス。確かに普通の相手であれば決着のつく一撃だ。相手が普通であれば……。

「いてて、容赦ないなあ。まだ腕がじんじんするよ」

「なっ、なぜ立てる……っ!?」

ケロリとした表情で起き上がるルイシャを見たアイリスは驚き、額に汗を浮かべる。

そんな彼女とは対照的にルイシャは落ち着いており、自分がくらった魔法に興味を持つ余裕すらあった。

「血液魔法なんて珍しい魔法を使えるね。確か自分の血液を代償にすることで普通の魔法より大きな力を発揮出来る魔法だったよね。どこで習ったの?」

「……敵である貴方に教えることなど何もありません」

アイリスはそう冷たく言い放つと、先ほどの魔法よりも大きな魔力を練り始める。

「今度こそ終わらせる。鮮血の大鎌《ブラド・ラジサイス》!!」

アイリスの指先から再び血が吹き出し、大きな鎌の形になる。そのサイズは二メートルはあろうか、自分の背丈より大きな鎌を軽々と振り回し、彼女はルイシャに襲いかかる。

「————ハァッ!!」

アイリスの人間離れした身体能力と巨大な鎌のリーチが合わさり、速く、鋭い斬撃の雨がルイシャに降り注ぐが、ルイシャは既にその動きを見切っていた。

「くっ……! なぜ当たらない!?」

渾身《こんしん》の攻撃を全て紙一重で躱《かわ》され、アイリスは歯噛《はが》みする。

やがてこの攻撃では決着がつかないと悟った彼女は一旦ルイシャから距離を取って、魔法の鎌を消す。

「なるほど……わが主人を手にかけただけの実力はあるようですね。ではこちらも更に本気を出させていただきます」

アイリスは更にその目に殺気を宿らせ、ルイシャを強く睨み付ける。

まるで親の仇を見るかの如《ごと》き怒りを感じたルイシャは流石《さすが》に慌てる。なぜここまで自分が恨まれなければいけないのか。

「ちょ、ちょっと待ってよ！　いったい君の主人って誰のこと!?　僕は全く心当たりがないんだけど!!」

「誰か分からない、ですって……!?　あの方を手にかけておいてよくそんなことを言えますね。いいでしょう。あくまでしらを切るのでしたら私が貴方の罪を教えて差し上げます」

アイリスは「こほん」と短く咳払《せきばら》いすると、自分が一番尊敬するその人物の名前を口にする。

「私の主人は魔王『テスタロッサ・S《サタニキア》・ノーデンス』様です」

彼女の口にしたその名は、ルイシャもよく知る人の名前だった。

「へ？　僕がテスね……こほん、魔王の仇だって？」

思いもよらぬ言葉にルイシャは混乱し固まる。

自分が魔王の仇であるはずがない。それどころか自分にとって『魔王テスタロッサ』は家族同然の特別な存在だ。

そもそも仇も何も、彼女は今も元気に生きている。世間一般で言えば死んでいることになっているが、歴史上では魔王を撃ち倒したのは勇者ということになっている。

なのになぜ目の前の少女は僕が魔王を倒したと思っているんだ？　ルイシャの脳内はパニック状態だ。

「え、えと……なんで僕が魔王を倒したと思ってるんですか？」

「簡単なことです。あなたからは微弱ですが魔王様の魔力を感じるからです」

それを聞いてルイシャはギクリとする。

確かにルイシャの体内には魔王テスタロッサの魔力が『混ざって』いる。

これは三百年という長い時間をかけて、テスタロッサがルイシャに自分の魔力を流し続けた成果だ。そのおかげでルイシャは本来魔族しか使うことが出来ない暗黒魔法を使うことが出来るのだ。

テスタロッサからは「私の魔力は本当にうっすらとしか混ざってないからバレないと思うわよ」と言われていたので安心し切っていたが、目の前の少女はそれをいとも容易《たやす》く看破していた。

「確かに巧妙に隠しているので他の者なら騙《だま》せたでしょう。しかし私の眼《め》は誤魔化せませ
ん」

そう言ってアイリスは自らの真っ赤な瞳を指差す。

よく見るとその瞳には六芒星《ろくぼうせい》の紋様が浮かび上がっていて、強い魔力を帯びていた。

「その瞳、まさか『魔眼』……!?」

「よく知ってますね。ならば私に隠し事など無意味だということも理解出来るでしょう」

魔眼。それは魔力を視覚で捉えることの出来る能力を持つ、特殊な瞳のことだ。

通常目では見えない魔力を『見る』ことの出来る魔眼保持者は、相手の魔力の形や大きさ、色などを視覚情報として認識し、相手の使用する魔法の属性や魔力の残量などを分析することが出来る。

アイリスはこの力でルイシャの中に混ざっている、魔王テスタロッサの魔力に気づいたのだ。

「初めて貴方を認識したのは入学試験の時でした。最初は私も気づきませんでしたが、貴方が『暗黒魔法』を使った時に魔王様の魔力を感じ取りました」

「あ、そういえば……」

ルイシャは入学試験の時、お漏らししたシャロを助けるため暗黒魔法「黒帳《くろとばり》」を使った。

その時に魔王の魔力を使ったので、アイリスに魔王の魔力を観測されてしまったのだ。

「人間離れした高い身体能力に珍しい血液魔法の使い手、さらに貴重な『魔眼』まで持ってるなんて、君はいったい何者なんですか？」

ルイシャのその問いにアイリスは誇らしげに答える。

「私は、いえ私たち一族は偉大なる魔王様に使えし一族」

突然彼女の背中から勢いよくバサッ！　と蝙蝠《こうもり》のような羽が生える。

スカートからは先端の尖《とが》った尻尾が顔を出し、口の隙間から鋭利な八重歯が姿を現す。

「名は『アイリス・V・フォンデルセン』……『吸血鬼』です」

そう自己紹介した彼女は、八重歯を見せつけるように妖艶な笑みを浮かべた。


『吸血鬼』

それは魔族の中でも上位に位置する種族。

高い魔力を有する魔族の中でも特に高い魔力を有しており、身体能力も一般的な魔族より高い。

しかしその反面繁殖能力は普通の魔族よりも低く、その個体数が年々減少傾向にある。

そして彼女……アイリスが名乗った『V』のミドルネームは、希少な吸血鬼の中でも名家の生まれのみが名乗ることを許された選ばれし者の証《あかし》。

目立つ行動を嫌う吸血鬼が、その名を宣言することには大きな意味が含まれている。

「まさか君があの吸血鬼だったなんて、驚きだよ」

「我らが吸血鬼の一族はその希少性から狩りの対象となることが多く、個体数が年々減少し滅亡の危機に瀕《ひん》していました。その危機を救ってくださったのが他でもない魔王テスタロッサ様でした。魔王様の深い慈悲の心に敬意を抱き、忠実な僕《しもべ》となった我が一族は魔王様がその姿をくらませた後も生きていらっしゃることを信じて世界中を捜し回りました」

「そんなことが……」

ルイシャは彼女たちが三百年もの間、見つかるはずのないテスタロッサを捜していたことを知り悲しくなる。しかし同時にまだこの世界にテスタロッサのことを慕う人が残っていたことを知り、嬉《うれ》しくもあった。長い時が過ぎた現代においても、彼女は孤独ではなかったのだ。

「私は王都で魔王様の情報を集めていました。そんな時目の前に現れたのが……貴方です。魔王様の魔力を持った人間。つまりあなたこそ魔王様の真の仇」

「ちょっと待ってよ！　なんでそれで僕が仇になるの!?」

「簡単なことです。他人の魔力を奪う方法は二つ。一つは長い長い時間をかけて魔力を貰《もら》い続けること。しかしそれは短命種である貴方には出来ない方法」

いやその方法なんだけどね……と思いながらもルイシャは黙る。

今無限牢獄《ろうごく》のことを話しても信用してはもらえないだろう。

「そしてもう一つは命を奪うこと。命を奪うことでその対象の力を吸収出来る能力があると聞いたことがあります。貴方はその力で魔王様の魔力を手に入れたんですよね？」

「いや違うんだけど……」

見当外れの推理をドヤ顔で言われたルイシャは気まずそうな顔でそう否定する。しかしそんな言葉では彼女は止まらない。

「まだしらを切りますか！　どうやらこれ以上の問答は無駄のようですね」

そう言って彼女は今まで使用した魔法とは段違いの量の魔力を右手に集中させる。怒りと殺意がふんだんに盛り込まれた禍々《まがまが》しい魔力、どうやら本気でルイシャを殺す気のようだ。

それを見たルイシャも同様に魔力を右手に練り始める。

「君の怒りももっともだ。でも悪いけど僕はこんなところで死ぬわけにはいかない。君のご主人様を助けるためにも、ね」

「何を意味の分からないことをペラペラと！　いい加減死になさい、上位鮮血十字槍《ハイ・ブラドロス・スピア》!!」

アイリスの右の手の平から大量の血液が空中に吹き出し、十字架の形をした巨大な赤い槍《やり》の形に凝固する。そして膨大な魔力の込められたその槍を高速回転させ、ルイシャめがけて放つ。

「その罪、命で償いなさいっ！」

アイリスはまだ十四歳、当然テスタロッサに会ったことはない。

しかし小さい頃から親や仲間の吸血鬼たちにテスタロッサの武勇伝や功績を聞かされながら育てられたため、もはや信仰と言っていいほど彼女を尊敬していた。その魔王の仇《かたき》だと思っているルイシャへの憎しみは深く、憎しみは魔力へと変換され魔法の力となって現れる。

彼女の強い思いが込められた魔法を見てルイシャは思わず感嘆してしまう。

「すごい魔法だ。どれだけテス姉のことを想《おも》っているのか伝わってくる。……でもテス姉への想いだったら僕だって負けてないよ！」

ルイシャは体内に眠るテスタロッサの魔力を右手に集め、魔法を構築する。

その魔法はかつてテスタロッサが愛用した伝説の魔法。彼女しか扱うことが出来ないと言われたその魔法を、ルイシャは無限牢獄でしっかりと継承していた。

「死ねえっ!!」

アイリスの想いが込められた魔法がギャリギャリギャリ!!　と音を立てながら接近してくる。しかしルイシャは落ち着いていた。

自分の、いやテスタロッサに貰った魔法を信じているから。

「これが魔王の力だ……！　魔煌閃《サタンズ・レイ》ッ!!」

ルイシャの右手から放たれたのは神々しいほどに輝く光の束。黄金色に輝くそれはアイリスの放った魔法にぶつかると、その魔法を瞬く間に飲み込み……光の粒に変換し消し去ってしまう。

テスタロッサが考案し作ったこの魔法は、対魔法に特化した特殊な魔法だ。

この魔法はぶつかった相手の魔法を一瞬で分析し、その魔力の波長と反対の波長を作り出すことで相手の魔法を相殺し消滅させる魔法だ。

相殺された魔法は周囲に被害をもたらすことなく消えるので、無駄な被害者を減らすことが出来る。平和主義者のテスタロッサらしい優しい魔法だ。

「そんな……この魔法は……!!」

魔煌閃を見たアイリスは愕然《がくぜん》とし、その場に膝をつく。なぜなら彼女はこの魔法のことを、魔王にしか使えない伝説の魔法として小さい頃から聞かされていたからだ。

もし魔王を殺してその魔力を奪ったとしてもこの魔法は使えるようにはならないだろう。なら目の前にいる少年はいったい何者なんだ？　アイリスの脳内に疑問が渦巻く。

「貴方《あなた》は何者なんですか……!?」

ルイシャはアイリスに戦闘の意思がなくなったことを感じ取ると、地面に座り込むアイリスに近づき、しゃがみこんで視線の高さを合わせる。

「僕は魔王の弟子。君と同じで偉大な魔王様を助けようと思っているんだ」

そう言ってルイシャは、ようやく出会えた同志に向かって笑いかけるのだった。

◇　◇　◇

冷静になったアイリスに、ルイシャは自分が知っていることを全部話した。

テスタロッサが生きていること、無限牢獄という異空間に封印されていること、竜王と一緒にいること、自分が三百年間一緒に暮らしていたこと、彼女を救うために勇者の遺物を捜していること。

最初は半信半疑だったアイリスだが、ルイシャの体に刻まれた「魔竜士」の紋章を見てようやく信用してくれた。

「ほ、本当に魔王様が生きていたなんて……」

その事実を知ったアイリスは目から大粒の涙を流す。一族の長年の頑張りが報われたのだ、その感動は計り知れない。

溢《あふ》れ出る涙を必死に拭い続けるアイリスの背中を、ルイシャは優しく撫《な》で続けた。

「……ありがとうございます。もう大丈夫です」

目の下を腫らしながらもアイリスは元の整った顔に戻る。

それを確認したルイシャは安心する。

「……すみませんでした。知らなかったとはいえ魔王様の伴侶とも言える貴方の命を狙ったことは事実。どのような処罰もお受けします」

彼女はそう言ってルイシャに深々と頭を下げる。

その表情はとても暗く、放っておいたら自ら命を断ちかねないようにすら見える。ルイシャは慌てて彼女をフォローする。

「ちょ、ちょっと！　いいって別に怒ってないから!!」

「しかしそういうわけには」

「ほら！　これからテス姉を助けるために力を合わせなくちゃいけないんだし、罰なんて受けてる暇はないよ！」

「……確かに一理ありますね。分かりました、罰を受けるのは魔王様を助け出してからにします」

「うんうん！　それがいいよ！」

うまく丸め込めルイシャはホッとする。

「ところでルイシャ様、このことは誰か他の者に話されましたか？」

「いや？　今のところは誰にも話してないよ」

「そうですか、それはよかったです。もしこのことが他の魔族や竜族に知られたら大変なことになってしまいます」

「そうなの？」

「はい」

アイリスは現在の魔族と竜族の状態についてルイシャに説明する。

元々魔族と竜族は仲が悪く、よく小競り合いが起きていた。しかし平和主義者のテスタロッサとリオが王になってからは争うことは少なくなった。

だが勇者が二人の王を倒したことで状況は急激に悪化したらしい。二つの種族は再び仲が悪くなり、一歩間違えれば全面戦争が起きそうなほど険悪らしい。

「もし王が生きてると知れれば、どちらの陣営も躍起になって自分たちの王を助け出そうとするでしょう、もちろんお互いの邪魔をしながら。そうなれば魔族と竜族の全面戦争は避けられないでしょう」

「うへ、それだけは避けないとね……」

このような状況で二つの種族に、「魔王と竜王は仲良くなったから、協力して二人を助け出そう！」と言っても信じてもらえないだろう。

ルイシャはいつか二つの種族の力を借りようと思っていたのだが、それは厳しいと知り落ち込む。

「そっか、じゃあ手を借りるのは難しそうだね。残念」

「……そうとも限りませんよ」

そう言ってアイリスはパチリ、と指を鳴らす。

するとどこからともなく黒いマントに身を包んだ人たちが十人ほど現れる。

現れた全員が目鼻立ちの整った美男美女だ。そして全員がアイリスばりに軽やかな運動神経を持っている。

「まさかこの人たちって……！」

「はい。今現れた者たちはみな吸血鬼です。実は少し離れたところで私たちの様子を窺《うかが》っていたのです」

「そうだったんだ。全然気がつかなかった」

ルイシャが結界魔法を使ったため、吸血鬼たちはアイリスとの戦闘には参加出来なかった。しかし優れた聴覚を持つ彼らは二人の会話を全て聞いていた。

戦闘が終わり結界が解けた時にはルイシャに対する誤解は解けていたので彼らはルイシャを襲うことなく近くで待機していたのだ。

「お初にお目にかかります、私《わたくし》はここにいる吸血鬼たちの代表をしております『ブルーノ・V・フォンデルセン』と申します。どうかお見知り置きを」

そう言って白く伸びた立派な髭《ひげ》が特徴的な老齢の吸血鬼が、ルイシャに向かって膝をつき頭《こうべ》を垂れる。

「我々吸血鬼の一族は三百年間ずっとテスタロッサ様を捜し続けてきました。しかし、そんな我らの尽力も実を結ぶには至りませんでした。いくら長命種の我らとはいえ三百年という月日はあまりにも長い。その間手がかりの一つも見つけられなかった我々は心身ともに疲れ果ててしまいました」

その言葉に他の吸血鬼たちも頷《うなず》く。

ブルーノの言った通り吸血鬼は長命種だ。長生きな者は五百年ものあいだ生きることが出来る。ということは三百年間ずっと捜し続けている者もいるということだ。それで手がかりなしでは心も折れるだろう。

「しかしそんな私どもの前に貴方が現れた。私は確信しています、今に至るまで私たちが他の魔族と手を組まず行動していたのは今日この日のためであったと！」

ブルーノが涙ながらにそう叫ぶと、他の吸血鬼たちも涙を流しながら頷き、拍手をする。

感極まっているブルーノは深呼吸して落ち着きを取り戻すと、ルイシャに向かって驚くべき提案をしてくる。

「無茶を承知でお願いがあります。ルイシャ殿、どうか私たちを貴方様の僕《しもべ》にしてくださいませぬか」

ブルーノがそう言うと他の吸血鬼たちもルイシャに向かって膝をつき、頭を垂れる。当然そんなことをされたルイシャは驚き戸惑う。

「し、しもべ!?　あなたたちをですか!?」

「左様、数は少なくなりましたが吸血鬼としての力は衰えておりませぬ。必ずやお役に立ってみせます。なのでどうか我々を導いてくださらないでしょうか？」

そう語るブルーノの顔は真剣そのものだった。しかしルイシャも簡単にそれを受け入れるわけにはいかない。それに疑問もある。

「どうして僕なんですか!?　あなたたちはテスね……テスタロッサの部下なんですよね？」

「はい。我々の主人はテスタロッサ様のみです。しかしテスタロッサ様の旦那様であれば話は別です。ルイシャ様は我々が忠義を尽くすに相応《ふさわ》しいお方です」

「うーん。僕は正式に結婚してるわけじゃないし、やっぱりよくないと思うんだけどなぁ……」

「そこをなんとか！」

「お願いします！」

「私たちを助けると思って！」

乗り気でないルイシャを、吸血鬼たちは必死に説得する。意外と頑固なところがあるルイシャは中々首を縦に振らなかったが、彼らの必死な訴えについに根負けする。

「はあ……そこまでおっしゃるなら僕も覚悟を決めます。あの人の忠実な部下であるあなたたちを見捨てるわけにもいきませんからね」

「ほ、本当ですか!?　よっしゃあ!!」

ルイシャが主《あるじ》になることを承諾すると、吸血鬼たちはさっきまでの真剣な表情はどこへやら満面の笑みで大騒ぎし始める。

「吸血鬼って寡黙なイメージだったんだけど意外とこんな感じなんだ……」

ルイシャの中のかっこいい吸血鬼像がガラガラと崩れる。

そんな中、彼のもとにアイリスが「とてて」と歩きながら近づいてくる。

「騒がしい仲間たちで申し訳ございませんルイシャ様。でもそれほどまでにみんな嬉《うれ》しいんです、ようやく三百年の努力が報われるのですから」

そう語るアイリスの目元にも光るものが溢れる。歳こそルイシャと変わらない彼女だが、生まれて間もない頃から魔王を捜す活動を手伝っていた。それが報われるのだから嬉しいのも当然だ。

「僕も仲間が出来て嬉しいよ。一緒に力を合わせてテスタロッサを助けよう」

そう言って差し出されたルイシャの手を、アイリスは両手で恭しく包み込みその場に片膝をつく。

そして流れるように美しい所作でルイシャの手の甲に柔らかい唇で軽く口付けをする。

「はい。これからよろしくお願いいたしますね、ルイシャ様」

そう言った彼女は、いつも教室で見かける無表情な彼女の表情からは想像もつかない、満開の花のような笑顔をルイシャに向けるのだった。

◇　◇　◇

アイリスたち吸血鬼と出会った次の日、学校は休みだったのでルイシャは自室でいつもより少し遅く目を覚ました。

窓から差し込む朝日に鼻先をくすぐる風。

どうやら今日はいい天気みたいだ……と思ったルイシャは、ある異常事態に気づきガバッ！　と起き上がる。

（なんで寝る前に窓を閉めたのに風が入ってきてるんだ!?）

起き上がり警戒しながら部屋を見渡すルイシャ。

するとその答えは目の前にいた。

「おはようございますルイシャ様。いま朝ごはんを作ってますからもう少々お待ちくださいね」

そう言ってテキパキと食事の準備を進めるのは、白いカチューシャとエプロンを身につけ、まるでメイドのような格好になったアイリスだった。

クールで表情の乏しい彼女がフリフリの可愛《かわい》らしいメイド服を着ているのはとてもギャップがあってルイシャは思わずドキドキしてしまう。

「な、なんでアイリスが僕の部屋にいるの!?」

「あの程度の鍵、私にはついてないも同然です」

そう言ってアイリスは右手の人差し指の爪をニュ！　と伸ばしてみせる。

「いや入った方法じゃなくて理由を聞いてんだけど……」

「……？　僕《しもべ》たる私がルイシャ様のお世話をするのは当然ではないですか」

何を言っているんだ、とばかりにアイリスはきょとんとした顔でそう言う。

どうやらもうルイシャの世話をするのは彼女の中で確定事項のようだ。

「さあさあご飯にしましょう。たっぷり愛情を込めましたからね」

「澄ました顔でよくそんなことが言えるね……」

戸惑いながらもルイシャはアイリスと共に朝食を摂《と》った。

ちなみにアイリスの作ったご飯はめちゃくちゃ美味《おい》しかった。

◇　◇　◇

休み明けの登校日。

既にクラスメイトが全員揃《そろ》った朝の教室で、アイリスは驚きの行動に出た。

「この度ルイシャ様に仕えさせていただくことになりましたアイリスです。どうぞよろしくお願いいたします」

黒板の前に立ちクラスメイトたちの方を見ながら、アイリスはよく通った声でそう言い放った。

なんか既視感のある光景だ、と思いながらもクラスメイトたちは面くらう。

肝心のアイリスは思いもよらない行動を取ったというのに涼しい顔をしている。どこか得意げな雰囲気すら感じる。

それを見た赤いモヒカンがトレードマークの少年バーンは、ヴォルフに耳打ちする。

「おいどうなってんだよヴォルフ。お前知らねえのか？」

獣人の少年ヴォルフもまたルイシャに忠誠を捧《ささ》げる身だ。なので今回の件も何か知ってると思い尋ねたのだが、彼は首を横に振った。

「いんや俺様も知らねえよ。まあ大将に心酔する気持ちは分からんでもないがな。あの女、見る目あるぜ」

「はあ、ダメだこりゃ。つうかこんな宣言されたらお前のとこのお嬢が黙ってねえんじゃねえか？」

「あ」

ヴォルフは恐る恐るお嬢……シャロの方に目を向けると、そこには顔を赤く染め怒りに震える彼女の姿があった。

「ちょっと待ちなさいよっ！　そんな話聞いてないわよ！」

彼女はそう言い放った後、キッとルイシャを睨《にら》み付ける。ルイシャはまだシャロにアイリスのことを話していなかったのだ。

いや話せなかったという方が正しいか。

「あ、あの、なんか、ごめん」

「ごめんじゃないわよ！　私という可愛い彼女がいながらメイドを侍《はべ》らすなんていい度胸してるわね！」

「返す言葉もございません……」

シャロに責められしょんぼりとするルイシャ。

するとそれを見たアイリスがルイシャに近づき、彼の頭をぽふっ、と自分の胸にうずめて抱きしめる。

「あぁなんと可哀想《かわいそう》なご主人様。よしよし、あんな脳筋勇者の言うことなんか聞かなくていいですよ」

慈愛に満ちた顔でルイシャをそう慰めたアイリスは、チラリとシャロの方を向き悪そうな笑みを浮かべる。そんな露骨な挑発を受けたシャロは顔を真っ赤にしブチ切れる。

「へ、へえええぇぇ!?　いいわよ、そんなに喧嘩《けんか》したいなら受けてやろうじゃないの!!　ぎったんぎったんにしてあげるっ!!」

シャロがアイリスの顔面めがけて手袋を投げつけると、彼女はそれを涼しい顔をしてキャッチする。

「ふふ、そちらから挑んでいただけるとは好都合です。私もあなたには思うところがありますからね」

「何を訳の分からないことをごちゃごちゃと。いいから外に出なさい！」

シャロはそう叫ぶと腰から剣を抜き放ち、その切っ先をアイリスに向ける。さすがにこれは不味《まず》いと思ったルイシャは彼女たちを止めなきゃと決意する。

「ふ、二人ともやめてよ！」

「ルイは黙ってて!!」

「ご主人様は黙っててください!!」

「ひいっ！」

二人の物凄《ものすご》い剣幕に押されルイシャは小さくなってしまう。

「ひえっ……！」

その様子を離れたところで見ていた男子たちは震え上がっていた。

「うへ、おっかねえな。大将が不憫《ふびん》でならねえぜ」

「全くだぜ。落ち着いて授業も受けれねえのか」

そうぼやくヴォルフとバーンにチシャは「いや君たちも同じようなもんでしょ……」と突っ込むのであった。

◇　◇　◇

アイリスが騒ぎを起こして早一週間が経《た》った。

あの後二人は学園内で決闘を始め、それをルイシャが止めてと色々大変な騒ぎに発展したのだった。結局その時の決闘はうやむやになってしまったので二人とも仲良くなっておらず、現在も二人の間にはピリピリとした嫌な空気が流れている。

（はあ、なんとか二人を仲良くさせられないかな……）

そんなことを考えながらルイシャは授業を受けていた。

「じゃあ次のページを開いてくれ。ここは重要なところだぞー」

今教壇に立ち授業を行っている、このクラスの担任レーガスは優秀な教師だ。

若くガッツがあり、生徒の親身になれるいい先生だ。曲者《くせもの》ぞろいであるZクラスの生徒たちに慕われているのはそんな彼の実直な性格によるところが大きいだろう。

「えー、みんなも知ってると思うがヒト族、魔族、竜族、そして他の種族も例外なく、『強さの壁』を越えた者には特殊な紋様が出現する」

そう言ってレーガスは黒板に紋様を書く。

「その紋様の第一形態が銀色に輝く『将紋《しょうもん》』だ。そして将紋の持ち主が更に強くなると金色に輝く『王紋《おうもん》』に進化する。有名な王紋保持者といえば王国の隣国、ヴィヴラニア帝国の最強剣士『剣王クロム』だな。小国の軍隊を一人で制圧したという逸話まであるその実力はヒト族の中でも最強クラスだろう。さて、不思議な不思議な王紋だが、その中でも更に特別な王紋が存在する。誰か分かるか？」

レーガスが生徒にそう問いかけると二人の生徒が勢いよく手を挙げる。

一人は秀才王子のユーリ。

そしてもう一人は勉強が三度の飯より好きな変わり者『ベン・ガリダリル』だった。

「えー、じゃあベンにしようかな」

「ふふ、ありがたき幸せ」

自分が指されたことがよほど嬉しいのか、ベンはレーガスに優雅に一礼してから答え始める。

「特別な王紋、と言われ一番に挙げられるのはやはり『魔王』と『竜王』でしょうね。この二つの称号は他の王紋と明確に違う特徴があります。古い文献には『鬼王』と『妖精王』も特別な王だと書かれているそうですが、その二つの王は本当にいるのかも分からない存在なので除いてよいでしょう」

「うん、さすがベン、模範解答だな。じゃあ魔王と竜王が他の王と何が違うかも説明してくれるか？」

「はい。一般的に王紋を得るには『圧倒的な戦闘力』と『大勢の人々から信仰されるカリスマ』が必要と言われてますが、魔王と竜王は違います」

ベンは自分が知りうる魔王と竜王の知識を、分かりやすく説明する。

まず『魔王』は、先代魔王が王の座を降りた際に開催される武闘大会の優勝者のみがなれる。その大会には魔族の住まう魔族領全域から腕利きの魔族が集まり、魔王の座を賭けて殺し合う魔族の一大イベントだと言われている。

そこで優勝した者は先代魔王と一騎打ちをして、見事勝利すると魔王紋を直々に伝承される。

そして『竜王』。

この王紋は竜王の子どものみが継承することが出来る。

王の素質を持った赤子は竜王紋をその身に宿して生まれ、その時点で親からは竜王紋が消失する。つまり竜王とは生まれた時から竜王として生きると決まっている。

子に竜王紋を受け継がせた親は、子が大きくなるまでは竜族を束ねる役目を続ける。そして子が一族を率いるのに相応《ふさわ》しいと判断した時その座を子に渡すのだ。

ベンの説明を聞いたレーガスは「うん、よく勉強出来てるな」と満足げにうなずくと授業に戻る。

ベンの説明を聞いていたルイシャは改めて二人の師匠の凄《すご》さを噛《か》み締めていた。

魔法学園で使われる歴史の教科書には、魔王と竜王のどちらもかなりのページを割かれて紹介されている。二人とも歴代のどの王よりも強く、さらに民からの信頼も凄かったらしい。

しかし勇者オーガは、ある日そんな二人を襲い無限牢獄《ろうごく》に封印した。

なぜオーガはヒト族と敵対していなかった魔王と竜王を襲ったのか？　その謎は現在でも歴史学者の間ではよく議論になるらしいのだが未《いま》だ結論は出ていない。実は魔王と竜王は裏で手を組んでヒト族を滅ぼそうとしていたのではないかと推測する者も多いが、それだけはないとルイシャは断言出来た。

（オーガが二人を封印した理由を見つけることが無限牢獄の封印を解くヒントになるかもしれないな……）

などと考えていたところで授業終了のチャイムが鳴る。

次の授業は屋外で魔法の実習だ。その準備をしようとすると、突然担任のレーガスが大きな声を発する。

「えー今日の実習だが、なんと特別講師を呼んでいる！」

それを聞いた生徒たちはザワつく。何せ今までそんなことは一回もなかったからだ。

生徒たちの反応を見てレーガスは嬉《うれ》しそうに笑う。実は前々からこのことを計画していたのだ。

「なんと今回呼んだのは授業でも触れた『将紋』の持ち主だ。みんな色々聞くんだぞ！」

それを聞いてルイシャの耳がピクリと反応する。何せ将紋の持ち主などそうそう出会うことが出来ないのだ。色々学べることがあるかもしれない！ ルイシャはそう期待に胸を膨らませながら授業に臨むのだった。

◇　◇　◇

レーガスに連れられ屋外に出ていくZクラスの面々。

するとそこにはやたら目の引く格好をした男がいた。

「む、貴殿らがレーガス殿の教え子たちであるか。拙者、この度臨時講師を務めさせていただく流浪の剣士『コジロウ』と申す」

そう言って男はルイシャたちに一礼する。彼は遠くからでも目立つ、藍色の着流しに身を包んでいる。その腰には二メートルはあろう長い刀がある。

剣士という割りには痩せ型であり、ぱっと見それほど強そうには見えない……が、一部の生徒は彼の強さを見抜いていた。

シャロもその一人であり、こっそりとルイシャに耳打ちしていた。

「ねえルイ、あいつ本当に強いんじゃない？」

「そうだね。普通に立ってるだけなのに隙がない」

一見細身に見える腕もよく見れば引き締まっている。更に体のあちこちにいくつもの傷跡があるのもルイシャは見逃さなかった。

どうやらこのコジロウという男は幾度も死線をくぐり抜けた歴戦の戦士のようだ。

シャロとルイシャこそコジロウの強さに気づいたが、クラスメイトのほとんどは本当にこの優男が強いのかと疑問を持っていた。

その空気を察したのかコジロウはある提案をする。

「どなたか私と手合わせしませんか？　私は素手、生徒さんは魔法でも武器でも使っていいですよ」

その提案に生徒たちは戸惑う。流石《さすが》に丸腰の相手に魔法まで使うのは躊躇《ためら》ってしまうようだ。

しかし血気盛んな二人の生徒はその限りではなかった。

「おいおい本当にいいのか、そんな提案してよう？」

「どきなバーン、俺様がやる」

そう言って拳を鳴らしながら出てきたのはバーンとヴォルフ。

二人ともやる気満々で、どちらが先に挑むかで揉《も》め出してしまう。

「ああん!?　俺の方が先だったろうが!!」

「うるせェ、てめえはすっこんでな！」

ぎゃあぎゃあ言い合う二人。

それを見たコジロウは「ふふふ、元気な生徒をお持ちのようだ」とレーガスに笑うと驚きの提案をしてくる。

「遠慮せず二人でかかってくるといい。それとも二人で挑んで負けるのが怖いか？」

そう挑発的に言ったコジロウは刀を鞘《さや》ごと地面に刺し、二人のもとにスタスタと無防備に歩いてくる。

そのあまりにも舐《な》めきった態度を見た二人は言い合うのをやめる。

「……ちっ、どうやら完全に舐められてるようだなヴォルフ」

「あぁ、こうなったら俺様たちの力を教えてやろうぜ」

共通の敵が出来た二人は少年らしからぬ凶悪な顔をしながら臨戦態勢に入る。

「ふふ、心地いい殺気だ。少しは楽しめそうだ」

大人でも気絶してしまいそうな殺気を浴びながらも、コジロウは涼しい顔を崩さない。

その余裕の態度にヴォルフとバーンは苛立《いらだ》ちながらも警戒する。

「さて、それでは『剣将』コジロウ、推して参る」

そう言うやコジロウは勢いよく地面を蹴り、二人に襲い掛かる。

「速っ……！」

一瞬にして距離を詰められたヴォルフの口から声が漏れる。

既にコジロウはヴォルフめがけて拳を振り上げており、後はそれを振り下ろすだけで彼の顔面に突き刺さってしまう。

とても回避出来ない。そう思ったヴォルフだったが、それに気づいたバーンが助けに入る。

「させっかよ！　爆破《ボムバ》ッ!!」

バーンがそう叫ぶとコジロウのいた空間が音を立てて爆発する。

完璧なタイミングに見えた攻撃だったが、バーンの殺気を感じ取ったコジロウは、咄嗟《とっさ》に飛び退《の》いていて当たらなかった。

「おっと、今のは少し危なかったぞ」

「ちっ！　今ので当たんねえのかよ！」

悔しがるバーン。

一方助けられてしまったヴォルフは申し訳なさそうにバーンに謝る。

「すまねえ、油断した」

「いいってことよ。それより来るぞ！」

再び物凄《ものすご》いスピードで迫りくるコジロウ。そんな彼の進行方向を塞ぐようにヴォルフが走る。

そしてバーンはコジロウから距離を取って魔力を練り始める。

「ふむ、近距離と遠距離で分かれる戦法か、悪くない」

「へっ、戦ってる最中に喋《しゃべ》ってっと舌嚙むぞ！」

ヴォルフの容赦ない拳がコジロウに襲いかかる。

獣人であるヴォルフの身体能力はヒト族のそれを軽く凌駕《りょうが》する。その一撃は大の大人でも昏倒《こんとう》してしまうほどの威力だ。

しかしその一撃をコジロウは片手で軽くはじいて受け流し、ヴォルフの腹を蹴り飛ばす。

「────ッ！」

端《はた》から見たら軽く蹴ったようにしか見えないが、ヴォルフはまるで腹が突然爆発したかのような衝撃を感じとる。人は痛みの許容量を超えると自身を守るために意識を手放す。獣人である彼も例外ではなく、その痛みから逃れるため彼の脳は意識を放棄する。

「おいおいマジかよ……!?」

たった一撃で戦闘不能になった友人を見たバーンは目の前の人物がトンデモない化け物だと思い知る。

「だがここで引いたら男が廃る！　俺の最強魔法をくらいやがれ！」

覚悟を決めたバーンの体から物凄い魔力が放たれる。

それを感じたコジロウは立ち止まり、バーンの魔法の完成を待ち始める。どうやら撃たせた上で真っ向から勝つつもりのようだ。

「へっ、悪《わり》いな待たせちまって。待たせた分の期待には応えさせてもらうぜ！　上位広範囲爆破《ハイ・ラジボムパ》ァ!!」

バーンが魔法を発動させると、彼の前方広範囲に爆破嵐が巻き起こり、その爆破の波はコジロウめがけ広がっていく。

見るからに凶悪な威力を持つその魔法から、コジロウは逃げようともしなかった。剣を取らず、魔法も使わず、彼は右の拳を強く握りしめる。

「………むんっ!!」

そしてそのまま思い切り腕を振るった。

人並外れた腕力から繰り出されたその動きは衝撃波を生み、なんとバーンの爆発魔法を相殺してしまう。

「そ、そんな馬鹿な……！」

まさかの事態に愕然《がくぜん》とするバーン。

自分のとっておきの魔法が、こんな方法で破られればショックを受けるのも当然だろう。

コジロウは呆然《ぼうぜん》とするバーンに近づくと「まだやるか？」と聞く。

いつもだったら何度も再戦を挑むバーンも、流石に彼との実力差を認めたのか「いぃや、降参だ。参った」と負けを認めた。

「す、すげえ！　あの二人をあんなにあっさり倒しちゃうなんて！」

勝負が終わると、見学していたクラスメイトたちが一斉にコジロウに近づいてくる。

目の前であんなすごい戦いをされたら興奮するのは当然だ。Ｚクラスの生徒たちは「どうやったらそんな強くなれるの？」「どんな特訓をしてるんですか？」と矢継ぎ早に質問する。

「ふふ、賑《にぎ》やかになりそうねルイ」

「そうだね、僕もどんなことを教えて貰《もら》えるか楽しみだよ」

何か新しいことが起きる。ルイシャはそんな予感がするのだった。

◇　◇　◇

それからというもの、一日に一回はコジロウから剣術を教わる授業が始まった。

彼の教えは丁寧で分かりやすく、すぐに生徒たちに好かれた。彼自身がとても真面目で実直なことも早く受け入れられた要因だろう。

「ルイシャ、また肩に力が入ってるぞ」

「はい、ありがとうございます」

こと剣の腕前に関してはルイシャも彼には及ばない。剣の握り方や重心移動など細かいことを彼から教わった。

無限牢獄《ろうごく》内で謎の女性剣士「桜華《おうか》」から度々剣の特訓を受けてはいるのだが、彼女は実戦形式の修行しかつけてくれないのでこういう細かい指導を受けられるのはとても助かった。

「それにしてもお主は飲み込みが早いな。これではすぐに追い抜かれてしまうかもしれぬな」

「そんな。コジロウさんが教えるのが上手《うま》いからですよ」

「拙者は昔、落ちこぼれであったからな。どう教えれば上手くなるか分かるのだよ」

ルイシャの謙遜に、コジロウは恥ずかしそうにそう答えた。

努力で将紋《しょうもん》を覚醒させるまでに至ったという話を聞き、ルイシャは彼に親近感を抱く。

ルイシャもまた持って生まれなかった才能の差を、峻烈な努力で乗り越えた経験がある。

だから彼がどれほど苦労し今の実力を手にしたのかが分かるのだ。

「さて、じゃあ次は……王子に教えるとするか」

ルイシャへの指導を切り上げ、彼はユーリのもとへと近づいていく。しかしそんな彼の行く手にユーリの従者であるイブキが立ち塞がる。

「おっと、王子には俺っちがちゃんと指導してるっす。コジロウ殿の出る幕はないっすよ」

イブキは重そうな兜《かぶと》の奥からコジロウを睨《にら》みつけ、そう言い放つ。どうやら彼を王子に近づけたくないようだ。

「ふむ、そんなに警戒しなくとも王子に手を上げるなんて不敬な真似《まね》はせんよ」

「別にアンタを疑ってるわけじゃねえっすが、これが俺っちの仕事っすからね。理解して欲しいっす」

言葉ではそう言っているが、イブキからは強い拒絶の意思を感じる。そのあからさまな態度にユーリも「そこまでしなくても」と言うが、イブキは頑《かたく》なにその態度を崩さなかった。

「……ふむ、分かった。それじゃあ他に誰か手合わせしたい者はおるか！」

イブキの態度に根負けしたコジロウはそう声を上げ、他の生徒たちのもとへ行く。すると待ってましたとばかりにヴォルフやバーンたちが「次は俺！」「いや俺がやる！」と押しかける。

「……ふう、なんとかなったっすね」

コジロウが離れていったのを確認したイブキは「はあー」と息を深く吐きながらその場にしゃがみ込む。

「珍しいね、イブキがあんな態度取るなんて」

「ああルイっち、嫌なところを見せちまったっすね」

「そんなことないよ。カッコよかったよ」

ルイシャがそう褒めると、イブキは照れ臭そうに「はは……」と言いながら兜を指先でポリポリと掻《か》く。

「んま、あの人を怪しいと思ってるわけじゃないんすけどね。俺っちじゃ止められない人を不用意に王子に近づけるわけにはいかねえっすからね。悪い人じゃねえってのは分かっててもこれだけは譲れねえっす」

そう語るイブキのもとに近づいてくるユーリ。彼はイブキの肩をポンと叩《たた》きその労をねぎらう。

「迷惑をかけるな。助かってるよ」

「はは、お安い御用っすよ」

二人のその短いやりとりに、確かな信頼関係をルイシャは感じたのだった。

第二話 ―◆― 少年とダンジョンと隠された秘宝

その日の放課後、ルイシャはシャロとアイリスと一緒に帰っていた。

いつもはヴォルフも一緒に帰っているのだが、コジロウとの戦いに熱が入りすぎたため まだ保健室でぶっ倒れているらしい。回復するまで近くにいようとしたルイシャだったが、気にせず先に帰ってくださいとヴォルフが必死に頼み込んだため仕方なくルイシャは折れ、それに従った。

思わぬアクシデントで三人で帰ることになったルイシャは、気が重くなっていた。なぜなら……。

「なんであんたもついてきてるのよ、邪魔しないでくれる？」

「私がルイシャ様に付き従うのは当然のこと、諦めることをお勧めします。それよりその粗暴な態度を改められては？　ルイシャ様の品位が損なわれてしまいます」

「きぃーっ！　喧嘩《けんか》売ってんの!?」

そう大きな声で言い争ってるのは、もちろんシャロとアイリスだ。

出会って一週間経《た》った今でも二人は絶賛険悪中だ。顔を合わせれば睨み合いが始まり、些《さ》細《さい》なことで言い争っている。いつもならヴォルフも一緒に苦しんでくれるのだが今日はいない。なのでこの言い争いをルイシャは一人で耐えなければならないのだ。

（うう、誰か助けて……）

心の中でそう祈るルイシャ。するとその祈りが通じたのか、彼らの前に一人の人物が立ちはだかる。

「や、元気にしてたかなルイシャくん」

そう爽やかに話しかけてきたのはルイシャもよく知る人物だった。

「こんにちはシオンさん。奇遇ですね」

2年Aクラス所属、クレア家のシオン。その名前は学校ではよく知られた名前だ。

学力優秀で魔法の実力も学内トップクラス。おまけにイケメン……と王族のユーリに負けず劣らずのハイスペックな生徒なのだが、同時に変人としても有名だ。

探究心に手足が生えた、とまで揶揄《やゆ》されるシオンはとにかく色んな揉《も》め事《ごと》に頭を突っ込む。学園内の騒動に、彼が関わっていないものはないとまで言われるほどだ。

そんな彼が色々な騒動を巻き起こすルイシャに興味を示すのは当然の話と言えるだろう。

シオンはよく放課後学園内を歩いているルイシャに話しかけ、二人は仲良くなっていた。

変人ではあるのだが、物知りで意外と面倒見のいい彼といるのがルイシャは嫌いではなかった。それに彼ならこの険悪な状況をどうにかしてくれるかもしれない。暗くなっていたルイシャの心に一筋の光が差し込む。

「こんなところで会うなんて奇遇だね。ところで後ろのお嬢さん方はどなたかな？」

「ああ、そういえば二人に会うのは初めてでしたね。紹介します」

シャロとアイリスを紹介しようとするルイシャ。しかしそれより早く二人は動いてしまう。

「どーも、ルイの彼女のシャルロッテといいます！　よろしくお願いしますっ！」

「ルイシャ様の一番の理解者であり従順な僕《しもべ》アイリスです、どうぞよろしくお願いします！」

お互いに押しのけ合いながら自己紹介する二人を見て、ルイシャは「ああ……」と頭を抱える。ここは魔法学園の敷地内、生徒も多くいてチラチラとこちらを見てはコソコソ噂《うわさ》話《ばなし》をしている。

ルイシャは恥ずかしすぎて顔が真っ赤になっていた。

「ははは、愉快なお嬢さん方だね。こんな綺麗《きれい》な子たちに想《おも》いを寄せられてるとは君も隅に置けないね」

「はは……」

力なく笑うルイシャ。

「ふふ、苦労しているようだね。丁度いい。今回はそんな疲れた君に疲れもふっ飛ぶ面白い情報を持ってきたんだ」

「面白い……情報？　いったいなんのことですか？」

シオンからそんな風に話を持ちかけられるのは初めてのことだ。興味津々といった感じで聞き返す。

「ダンジョンだよダンジョン！　なんとこの近くにダンジョンが見つかったんだ！」

「ほ、ほんとですか!?　すごい!!」

「ふふ、いい反応だルイシャ。気になるだろう？」

そう言いながらシオンはルイシャの肩に手を回すと、シャロとアイリスは怖い顔で「ギロリ」とシオンを睨みつけ殺気を放つ。しかしシオンは全く意に介さず涼しい顔をしている。

「ふふふ、悪いねお嬢さんたち。なあに君たちの王子様を盗むつもりはないから安心して欲しい」

二人の殺気に怯《ひる》むどころかこんなジョークまで言う始末。かなりの大物だ。

「ダンジョン。それは男のロマン。君も名前くらいは聞いたことがあるだろ？」

「ええまあ……」

ダンジョン。

それはモンスターが湧く建物や遺跡、洞窟などのことだ。

その最深部にはお宝が眠っており、それを手にするとダンジョンは魔物が湧かなくなり普通の場所になる。

自然に生まれた物や人為的に作られた物もあるが、共通しているのはお宝の価値が高ければ高いほどそこに住む魔物も強いということ。ダンジョンに挑戦するのは冒険者がほとんどで、今日も数多《あまた》の冒険者がダンジョンに挑み、ある者は夢を摑《つか》み、ある者は命を落としている。

「でもなんで今ダンジョンなんですか？　僕はお金に困ってないですよ」

Zクラスの生徒の待遇はいい。学費は全て免除な上、学園から給付金まで貰《もら》える。寮も無料で宿泊出来、そこで朝晩のご飯も出るのでルイシャは裕福でこそないが普通の生活を送れている。

ダンジョンに心惹《ひ》かれないわけではないが、今はそれより修行してもっと強くなりたいのが本音だ。

「ダンジョンには珍しいお宝や見たことのないモンスターなどがいるかもしれないよ。君もそういうの好きだろう？」

「うう、確かにそれは魅力的ですね……」

少年心をくすぐられ揺れるルイシャ。シオンはその隙を見逃さず一気に畳み掛ける。

「それだけじゃない、なんとその遺跡は勇者が関係している、かもしれないんだ。どうだい気になってきただろう」

『勇者が関係している』、そのワードにルイシャだけでなくシャロとアイリスも耳をピクリと動かし反応する。

「それはどういうことですか……？」

「ふふ、食いついたね。君なら乗ってくると信じてたよ」

博識なシオンは普段から色んなことをルイシャに話していた。

他国のことから学園内のことまで多岐にわたる話をルイシャは真剣に聞いていたのだが、特にその中でも勇者関連の話をする時いつもより食い入るように聞いていた。なのでシオンはルイシャが勇者の話に弱いことを知っていたのだ。

「それじゃ説明しよう。つい最近見つかったその古い遺跡の形をしているダンジョンは地下に広がっているみたいなんだけど、その入り口には封印がかかっていて入ることが出来ないらしいんだ。まーその封印が強固らしくてね。冒険者も中々解除出来なくて立ち往生してるらしいんだ」

ダンジョンは入る者を選別するために封印がかけられているものも珍しくない。

無理矢理封印を壊すとダンジョンが崩れたり、お宝が壊れたりしてしまうので冒険者の間では封印を無理矢理どうにかしようとするのは禁止されている。

「で？　その封印がなんだってのよ」

「ふふ、まあそう急《せ》かさないでくれよシャルロッテ君。実はその遺跡にかけられた封印なんだけどね、そこにはある紋様が描かれていたんだ」

そう言ってシオンは懐から小さな紙を取り出し三人に見せる。そこに描かれていたのは花弁をモチーフにした紋様だった。

それを見たシャロはハッと驚いた表情をし、「まさか……」と呟《つぶや》く。

「ふふ、気づいたようだね」

シオンは得意げな顔をしながらシャロの腰に差された剣「フラウ＝ソラウス」を指差す。

その鍔《つば》に当たる部分には、なんとシオンの持っている紙に描かれた紋様と全く同じものがあった。

「さてシャルロッテ君。この紋様にはどういう意味があるのかな？」

シャロは少し言うのを躊躇《ためら》うが、やがて覚悟を決め口を開く。

「その紋様は……勇者の一族の『家紋』よ」

それを聞いたシオンは満足そうに頷《うなず》くとルイシャの方に目を運び、「どうする？　ルイシャ君」と尋ねる。

ルイシャはその問いにまっすぐな瞳で返事をする。心はすでに、決まっていた。

◇　◇　◇

王都を出て、南東に歩き二十分ほどの所にある古い遺跡群の中にそのダンジョンの入り口は存在した。聞くところによると、既にその遺跡群は過去探索し尽くされていたはずだったのにもかかわらず急にそのダンジョンの入り口が見つかったらしい。

シオンにダンジョンの話をされた日の週末、ルイシャたちはダンジョンに行きたがったクラスメイトを新たに加え、計五人のパーティでダンジョンへ向かっていた。

「いやー、テンションが上がりまんなぁ。いったいどんなお宝がウチらを待ってるんやろか」

ブカブカの袖を揺らしながらそう言ったのはルイシャたちのクラスメイト「カザハ・ホマンデーナ」という女生徒だ。

背中を覆うほど長いくせっ毛な橙《だいだい》色の髪と大きな丸眼鏡、そして百四十センチという小さな背丈が特徴的だ。その小さな背丈に加え童顔なため、ルイシャたちと同年代なのだが子どもに間違われることも多い。小さい背丈を気にしているのか、制服の上からオーバーサイズのローブを着ており色々とブカブカだ。

「カザハ君……だったかな？　君はずいぶん特徴的な喋《しゃべ》り方《かた》なんだね。どこ出身なんだい？」

「ウチは生まれも育ちも『クーベ』ですよ先輩」

「なるほど、あそこは方言が強いからねえ。それなら納得だ」

などと話しながらルイシャ、シャロ、アイリス、シオン、カザハの五人はダンジョンの入り口に向かう。すると先頭を歩くルイシャのもとにシャロが近づいてくる。

「それにしてもヴォルフが来ないなんてね、珍しい」

「そうだね。最近すごい頑張ってるよね。僕も負けてられないよ」

ちなみにヴォルフは休日にもかかわらずバーンと一緒に修行をしていた。それは早くルイシャの横に並び立って戦いたいという彼の気持ちの表れなのだが、ルイシャはそのことに気づいていなかった。

「……ん？」

ダンジョンへ向かう道中の森の中を歩いていると、ルイシャは少し先に人影を見つける。その人物はしゃがみ込みながら地面に生えている植物をじっくりと観察していた。

薬草採取をしているのだろうか。そう思いながら近づいていくとその人物が見知った人物だということに気づく。

「あれ、コジロウさん。なんでこんな所にいるんですか？」

「む、お主たちこそなぜこのような所に」

植物を物色していたのは臨時講師のコジロウであった。彼はルイシャたちを見ると立ち上がり近づいてくる。

「こんなところで何してたんですか？」

「薬草をな、探しておったのだよ。ここら辺には効能が高いのが自生していると聞いてな」

「そうなんですね。回復薬《ポーション》でも作るんですか？」

「まあそんなところ……だ。それよりお主たちこそ子どもだけで何をやっている。街の外はモンスターが出て危ないぞ」

「えと……実はこの先に新しく見つかったダンジョンがあるらしくて。それを見に行こうと思ってるんです」

「ダンジョンだって？　子どもだけで行くなど危険すぎるぞ」

コジロウは本気で心配してくれているらしく、ルイシャたちを窘《たしな》める。

しかしルイシャたちも「はいすいません」と帰るわけにもいかない。彼らは反対するコジロウを数十分に及ぶ押し問答の末、ようやく納得させることに成功する。

「危なそうだったら逃げます。どうしても行かなくちゃいけないんです！」

「ぐむ……そこまで言うのならば仕方あるまい。よいか？　危なくなったらすぐに逃げ帰るのだぞ」

そう言ってコジロウは懐から小さな瓢箪《ひょうたん》を取り出し、ルイシャに手渡す。振ると中からちゃぷちゃぷと音が鳴る。どうやら中に液体が入っているようだ。

「これは？」

「拙者お手製の回復薬だ、怪我《けが》をしたら使うとよい」

コジロウはそう言ってルイシャの肩を優しくポンと叩《たた》くと、森の中に消えていく。

「本当にいい人なんだなぁ……」

去りゆくその背中を見ながら、ルイシャは小さくそう呟くのだった。

◇　◇　◇

コジロウと別れしばらく歩き森を抜けると一面の平野にたどり着く。目的の遺跡群はその平野に存在した。その場所は目立つ所に存在しているのでとっくの昔に金目の物は取り尽くされ、今や待ち合わせ場所に使われるレベルで何もない場所なのだが、ほんの一週間ほど前に偶然ここを通りかかった冒険者が地下に続く新たな入り口を発見した。

突然現れた謎のダンジョン。これにワクワクしない冒険者はいるだろうか。その答え合わせをするように目的地には柄の悪そうな冒険者たちが何人もたむろしていた。

「うげっ、なんなんこの人たち。めっちゃイヤな感じやな」

思わずそう漏らすカザハ。その声で冒険者たちはルイシャたちの存在に気づき、一斉にジロリ！　と視線を注いでくる。

人数にして二十一。
三、四人規模のパーティが六つほど入り口の近くで封印を解ける者が現れるのを待っていた。

音がして最初こそ警戒した彼らだが、その主が子どもだと分かりその興味は失《う》せる。そんな中一つの冒険者パーティのみは興味を失わなかったようでニヤニヤと軽薄な笑みを浮かべながら近づいてきた。

「おいおいこんなところにガキがなんの用だ？　ここら辺は治安が良くないからよう、嬢ちゃんたちみたいのが歩いてると悪い大人に捕まっちまうぜ？」

腰に幅広の剣を携えた男はそう言いながら下卑た笑みを浮かべ、近づいてくる。その視線は明らかにシャロとアイリスの胸元をガン見している。その隠す気もない下心に二人の乙女は不快感を露《あら》わにする。

「うわ、キモ」

「同感ですね。もう少しご主人様のような可愛《かわい》げを持った方がいいですよ」

普段は仲の悪い二人だが、この瞬間だけは息ぴったりだった。

そんな風にコケにされると思っていなかった男は顔を真っ赤にし恥辱に震える。その様子を見た男の仲間も堪《こら》えきれず「ぷぷ」と笑い声を漏らしてしまう。

「が、ガキが調子乗りやがって！　大人の怖さを思い知らせてやる！」

男の怒りは頂点に達し、腰から剣を抜き放ちその切っ先をシャロたちに向ける。それを見た彼女は真剣な顔になり男を睨《にら》みつける。

「真剣を向けたらもうおふざけじゃ済まないわよ」

「へっ、こちとら最初から大真面目よ。謝ったってもう遅い、たっぷりその生意気な体を楽しませて貰《もら》った後、娼館《しょうかん》に売りつけてやるぜ」

下卑た笑みを浮かべながら男はゆっくりと近づいてくる。するとそんな彼の進路を塞ぐようにルイシャが前に進み出る。

「どうしたガキ、『僕だけは助けてください』ってか？　泣いて謝りゃ許してやってもいいぜ、女どもは許さねえがな」

「……最初はお話しして退《ひ》いて頂こうと思ったのですがそれは無理そうですね。それに僕も大事な人をそんなふうに言われて怒らないほど優しくはありませんよ……！」

その少年らしからぬ凄《すご》みの利いた声に男の動きが止まる。そして不意打ちで『大事な人』と言われてしまった二人の乙女は顔を真っ赤に染め恥ずかしそうに身を捩《よじ》る。

「かー、アツアツやんなあ。火傷《やけど》してまうわ」

三人のそんな様子を間近で見たカザハはそう茶化す。

「ちっ！　生意気なガキだ、ここは学校じゃねえんだぞ？　お前らの目の前にいるのは優しい先生じゃなくておっかない大人なんだよ！」

そう言って男は首元の冒険者タグを摑《つか》み、ルイシャたちにドヤ顔で見せつける。

そのタグの材質は銅。冒険者のランクはタグの材質で分かるようになっており、この男は『銅等級の冒険者』ということになる。

冒険者のランクは五段階、銅等級は一番下の鉄等級の上のランクにあたる。つまりまだまだ駆け出しクラスなのだ。

しかしそれでもこのランクの冒険者は一般人が束になっても敵《かな》わない実力を持っている。なのでこれを見せれば怖気付《おじけづ》くと踏んでいた。

しかし目の前の五人の子供は相変わらず緩んだ空気のまま警戒すらしていなかった。

「あなたが冒険者なのは分かりました。だけどそれは僕が退く理由にはなりません」

「こ、の、ガキャァ……痛い目見ないと分からないようだな！」

男は手に持った剣を振り上げ、ルイシャの頭部めがけて振り下ろす。

冒険者なだけあって無駄のない動作とそこそこの速さ《スピード》、しかし人外級の師匠たちに鍛えられたルイシャからしたら止まって見える。

横にステップしてその攻撃を難なく躱《かわ》したルイシャは、隙だらけの男のボディに「せいっ！」と鋭い前蹴りを放つ。

気功も魔力も込めてないただの蹴り。しかし無限牢獄《ろうごく》を出てからも修行を怠らなかった彼の筋力は並の冒険者を軽く凌駕《りょうが》していた。

「あ、が……!!」

岩をも砕くその蹴りをマトモにくらった男は呻《うめ》き声を漏らすと、苦悶《くもん》の表情を浮かべながら地面に崩れ落ちる。「ひゅ、ひゅ」と呼吸をするのがやっとの状態、これではしばらく起き上がることすら出来ないだろう。

「おお凄い。こりゃ痛いだろうねえ」

「ルイシャはんは容赦ないなあ。ま、こないな下衆男《げす》これくらいした方がええ薬になるやろ」

その様子を見たシオンとカザハは呑気《のんき》にそんなことを言う。

「おいガキども、調子乗ってんじゃねえぞ」

仲間をやられ、怒り心頭といった感じで二人の冒険者が近づいてくる。見れば他の冒険者たちも得物を持ちこちらに近づいてきているではないか。どうやら衝突は避けられないようだ。

「おやおや、どうやら中に入る前にもう一悶着《ひともんちゃく》ありそうだ」

「はあ、そうみたいですね。先輩も手伝ってくれますか？」

「ふふ、知ってるだろ？　僕は楽しいことが大好きなんだ」

シオンはそう言ってバチン、とルイシャにウィンクし前に躍り出る。

「僕も少し遊ばせてもらうよ」

◇　◇　◇

一言に冒険者と言っても色んな種類がいる。

正義のために魔獣や悪人と戦う者もいれば、金儲《かねもう》けのことしか考えていない者までその目的は多岐にわたる。

そしてやることなくダンジョンの入り口にたむろし、運良く封印が解ける場面に居合わせ宝を横取りしようと考えている彼らは間違いなく後者と言えるだろう。

「数ならこっちが上だ！　やっちまえ！」

数的優位を活《い》かし一気にルイシャたちに襲いかかる荒くれ冒険者たち。

そんな彼らの前に立ちはだかるのはただ一人の上級生シオンだった。彼は涼しげな笑みを浮かべながら怒り狂った冒険者たちを眺める。

「ふふ、たまには先輩らしいところを見せないとね」

そう言って彼は手のひらを前に突き出し、魔力を手に集め始める。すると目の前の地面に魔法陣が浮かび上がる。

「いくよ。粘土創作《クレイ・クラフ》：魔法人形《ゴレム》!!」

シオンがそう魔法を唱えると、魔法陣が浮かんだ地面がボコボコボコ!!　と盛り上がり、五つの土の塊が出来上がる。そしてその土の塊はもにょもにょと動いて姿を変えていき、最終的にずんぐりむっくりした人型になる。

「なんだこの魔法は!?」

「ひ、怯《ひる》むな!!」

「そうだ数はまだこっちのが上だ!!」

見たことのない魔法に一瞬怯んだ冒険者たちだったが、彼らは果敢にもシオンの作り出した土のゴーレムに立ち向かう。

「くらえっ!!」

ゴーレムに槍《やり》を突き刺す冒険者。その槍は見事ゴーレムの腹に命中し、ズブリと突き刺さる。

確かな手応えを感じニヤリと笑う冒険者だが、その笑みはすぐに崩れることになる。

「ぬ、抜けない!?」

突き刺した槍はゴーレムの体にガッチリと固定され、動けなくなってしまっていた。

しかもゴーレムは腹を貫かれているというのにもかかわらず全くダメージを受けている様子はなく、ぬぼーっとその場に立っている。

「くそっ、離せ!」

槍を抜こうと引っ張ったりゴーレムを蹴飛ばしたりするが、ゴーレムはピクリともしない。

「やっちゃっていいよゴーレム」

創造主の命令に従い、ゴーレムはゴツゴツした拳を振り上げ……その見た目からは想像もつかない速さで冒険者を殴りつける。

「がぶっ!?」

頭を岩石で殴られたような衝撃に、冒険者はその場で意識を失い倒れる。

対象の沈黙を確認したゴーレムは、腹に刺さった槍を体外にぺっと吐き出し残りの冒険者に目を向ける。

「ひっ……!」

同業者の攻撃が全く効かない謎の敵に、冒険者たちは怯《おび》える。旗色が悪くなってきたのを感じた彼らは恥を投げ捨て逃走を考え始めるのだが、彼らの中にも冷静に作戦を考えられる者がいた。

「う、動くな!」

突如背後から響いた声に振り返るルイシャたち。

そこにいた冒険者の男はなんとカザハの首元にナイフを当てていた。彼はルイシャたちの中で一番弱そうなカザハに狙いをつけ、隠密《おんみつ》スキルでこっそりと彼女に近づいていたのだ。

「おい! 動いたらこの女がどうなるか分かるよな? 分かったら大人しくしやがれ!」

勝ちを確信し愉悦の表情を浮かべる冒険者。

さぞガキどもは絶望しているだろう。そう思いルイシャたちを見るのだが……なぜか自分は哀れみの目を向けられていた。

「お、お前ら状況が分かっているのか!?　そんな態度だとこのナイフで……あれ？」

突然驚きの声を上げる男。

それもそのはず、なんと男の手に中にあったナイフの刃が、途中から切り落とされたかのようになくなってしまっていたのだ。

「あんさん。そんな大きな声出さん方がええで。ウチの子たち、気が短い子が多いからなあ」

「うちの子？　何を言ってるんだ？　いいからお前は大人しくし……」

新しいナイフを腰から抜き放ちながら黙るように言うが、男の言葉は途中で止まってしまう。なぜなら新しく取り出したナイフの刀身が目の前で突然スパン！　と謎の切断音と共に落ちてしまったからだ。

「ああ、だから言うたのに。完全に目を覚ましてしもーたわ」

カザハがそう言うと、彼女の服の隙間からぬるりと巨大な緑色の鎌が出てくる。いったい服の中のどこに潜ませていたのかと思うくらいの大きさだ。

しかもその鎌の持ち手はかなり長くズルズルとカザハの服から出てくる。

「おい、何だアレ……？」

冒険者が驚くのも無理はない。

なんとその鎌は生きていた。鎌と持ち手の接合部に節のようなものが存在し、そこが動いていたのだ。やがてその姿を全部現す緑の鎌、その正体は巨大なカマキリの腕だった。

『キチ、キチチ……』

全身を現し自由の身になったカマキリは、自分の主人にナイフを突きつけた男をその目に捉える。

「ひぃ!?」

男は急ぎ逃げようとするが恐怖で足がすくみ上手《うま》く動かない。カマキリはその隙を見逃さず鎌の刃がついてない方の腕で男を殴りつける。

「あがっ!?」

刃がついていないとはいえ自分より大きな生物、しかもモンスターの打撃をまともにくらい男は昏倒《こんとう》する。

勝利を確認したカマキリは甘えるようにその頭部をカザハの体にぐりぐりと擦《こす》り付ける。

「起こしてすまんなマンちゃん。すぐ終わらせるからなあ」

カザハがマンちゃんと呼んだこの虫モンスターの種族名は『ビッグマンティス』。強靭《きょうじん》な顎と鋭い切れ味の鎌が武器のモンスターだ。虫型のモンスターは人に懐かないことで有名なのだが、なぜかこの個体はカザハにベタベタだ。そのありえない光景に冒険者たちはドン引きする。

「へえ、面白いね。あんなのを飼ってたんだ」

ドン引きする冒険者たちとは反対にシオンは興味深そうにビッグマンティスを観察する。

どうやら彼の中では『面白い』出来事に分類されたようだ。

「今度じっくり見せてよ。他にもどんな子がいるの？」

「えぇー、今はそんなことどうでもええやろ。それよりあちらさんはまだやる気みたいやで」

カザハの言う通り冒険者たちの闘志はまだ消えていないようだった。足を震わせながらも武器をしっかりと持ち、カザハとビッグマンティスを睨《にら》みつけている。

「お、落ち着け！　ビッグマンティス一体だったらたいした障害にはならない！　あんなガキに負けてられっか！」

冒険者組合が定めたビッグマンティスの危険度ランクは「C」。

そして銅等級の冒険者が討伐出来るとされるランクも「C」だ。

なので確かに彼らに勝てない相手ではない。もしこれが一対一の戦いであるのならば、だが。

「ほなマンちゃんも目ぇ覚ましたことだし、みんなも起きよか」

そう言ったカザハの服の隙間からドサドサドサ！　と大小様々な虫が転がり落ちてくる。

いったいどこにこれだけの数が入っていたのだろうか。ビッグマンティス一匹でも明らかにカザハの体積より大きいというのに、他にもこんなに虫がいるとは常識外れだ。

「ほな、みんな行こか」

主人の命令に従い虫たちは宙に浮かび冒険者たちに狙いを定める。

「ちょっと待て、ありゃキラーホーネットにポイズンフライ……あれはファイタービートルか!? なんであんな魔物が人間と一緒にいるんだよ!!」

冒険者の一人が口にしたその名前は、いずれも厄介な能力を持つ虫モンスターの名前だ。一体の戦闘力は大したことはないが、群れることでその危険度は跳ね上がる。

冒険者たちの絶望的な表情を見たカザハは満足そうに悪そうな笑みを浮かべる。どうやら自分が標的にされたことを根に持っているようだ。

「これで人数差は五分ってところやなぁ。ほな、始めましょか」

カザハの虫たちがシオンのゴーレムの近くに集まり、冒険者たちに相対する。

彼らは子どもに負けたくないというプライドから逃げ出しこそしていないが、泣き出しそうな情けない顔をしている者もいる。

そんな彼らに無情にもゴーレムと虫たちは襲いかかる。

その戦力差は歴然だった。ある者はゴーレムに殴られ、またある者は虫に刺され次々と倒れていく。

「く、くそっ！　やってられるか！」

勝機がないことを悟った冒険者の一人が逃げ出そうとする。しかしその先に素早くカザハが回り込む。

「喧嘩《けんか》売ってきといて逃げるとはええ度胸しとるわ。もちっとウチと遊ばへんか？」

「ガキが！　調子乗んなよ！　中位火炎《ミド・ファイア》!!」

少女一人なら勝てると踏んだ冒険者は素早く火球を放つ。

まっすぐ飛んでいった火球は見事命中し、男は「ざまあみやがれ！」と勝ち誇り笑みを見せるが、爆煙が収まりカザハの姿が見えるとその顔は絶望に変わる。

なんとカザハの体を取り囲むように巨大なムカデが現れ主人を火炎から守っていたのだ。

「サンキューなムーちゃん、愛しとるで」

彼女はそう礼を言い相棒のムカデを撫《な》でる。表情こそ分からないが、ムーちゃんは『ギチ、ギチチ』と甘えたような声を出す。このムカデは千脚百足《せんきゃくむかで》と呼ばれるモンスターだ。五メートル超ある巨体を猛スピードで動かすことの出来る強靭な足と、中位魔法程度ならものともしない堅牢《けんろう》な甲殻が武器だ。用心深く中々人前に姿を見せることはなく、もちろん人に懐いた例は報告されていない。

しかしカザハとムーちゃんは強い絆《きずな》で結ばれていた。

「さて、そろそろ終わらせよか。ムーちゃん、やっておしまい!!」

カザハがそう命令を下すと、ムーちゃんは千本近くある足を高速で動かし超スピードで男に接近する。

「く、来るなっ!!」

男は必死に武器を振り回し抵抗しようとするが、そのスピードに全く付いていくことは出来ずあっさりと捕まってしまう。

そしてムーちゃんは男の体にグルグルと巻きつき、ギュッ！　と物凄《ものすご》い力で締め付ける。絞られた雑巾のように強く締め付けられた男は「あぷ……」と情けない声を出しながら意識を手放す。

それを見届けたムーちゃんは拘束を解き、男を解放する。彼らはカザハの優秀な兵であり命じられなければ無益な殺生はしないのだ。

もちろん主人であるカザハの命を脅かすような輩《やから》がいれば、容赦なくその命を奪いにかかるが。

「お疲れさん、ちょーど向こうも終わったみたいやな」

カザハがシオンたちの方を見ると、ちょうど最後の冒険者がゴーレムに殴られて近くの壁にめり込むところだった。

「ほな行こか」

カザハの言葉にムーちゃんは『ギュイッ！』と嬉《うれ》しそうに鳴いて返事をするのだった。

◇　◇　◇

ルイシャたちによって気絶させられた二十一名の冒険者たち。

彼らはルイシャたちの手によって一列に並べられていた。

その内の一人の男のもとにかがみ込んだルイシャは、その男の頭を挟むように両手をあてる。その行動を見たカザハはこれから彼が何を始めるのか気になり問いかける。

「ルイシャはん、言われた通りこいつらを並べたんはええけど、いったいどないするつもりなん？　目ぇ覚ます前にとっととダンジョン中入った方がええとちゃうんか？」

「うーん、それでもいいんだけどどこの件で変に因縁つけられるのも嫌だから僕たちのことを忘れてもらおうと思うんだ」

「はー、なるほどなぁ確かに確かに……ってなんやて!?　忘れてもらう、てそんなん出来るんか!?」

驚きのあまり思わずノリツッコミをしてしまうカザハ。それほどまでに記憶をいじる魔法というのは珍しいのだ。

「それって精神操作系の魔法なんか？」

「ううん。これは電気系統の魔法なんだ」

「で、電気ぃ？　それが記憶となんの関係があるん？」

不思議そうに聞くカザハ。

シャロたちも不思議そうにして二人の話に耳を傾ける。

「えーと、これは師匠の受け売りなんだけど記憶っていうのは頭の中に流れる電気が関係してるらしいんだ。だから人の脳に電気を流し込めばある程度記憶を弄《いじ》れるんだって」

「はえー、よう分からんけどスゴいなあ。ルイシャはんだけには悪いこと出来んなあ」

「はは、友達にはそんなことしないから大丈夫だよ」

そう言って笑うルイシャだが、いざとなったら平気な顔でしてきそうだとカザハは感じ、彼の敵にはならないことを心に誓う。

「じゃ、始めるよ」

友人にビビられていることなど知るよしもないルイシャは、遠慮なく自らの両の指を冒険者の頭部にブスリ！　と差し込む。

その見るだけで痛そうな光景に友人たちは一斉に顔を顰《しか》める。

「ええと……確か電力は最小にして波長を本人に合わせて……」

ルイシャは魔王テスタロッサに教えてもらったことを思い出しながら冒険者の頭にアクセスし始める。そして指先から流れる微弱な電流が脳に届き始めると、冒険者に異変が起き始める。

「あぶ、あぶぶぶぶ」

なんと冒険者は痙攣《けいれん》しながら意味不明な言葉を発し始めた。見るからに成功している感じではない。心配になったシャロは不安そうに尋ねる。

「ねえルイ、これ本当に大丈夫なの？」

「た、多分。僕も実際に人にやるのは初めてだから自信はないけど」

「え、こわ。前から思ってたけどルイも結構ぶっ飛んでるわよね……」

シャロのその言葉を「ははは」と受け流しながらルイシャは作業に集中する。

しかし電力を変えたり波長を変えたりしても思うようにいかない。さすがに少し焦ったルイシャは思い切って電力を上げることにする。

「これで……どうだ！」

思い切って強く電気を流すと、冒険者の頭からボフン！　と煙が上がる。

そして煙が収まると、冒険者は目を覚まし「うん……ここは……？」とあたりを見渡す。

「こ、こんにちは」

突然の爆発に驚きながらもルイシャは平静を装いながら挨拶する。

目を覚ました冒険者はジロジロとルイシャを観察し始める。

「ん？　あんたは……？」

「ぼ、僕が何か……」

「いや、何か見覚えがあるようなないような……」

その冒険者の男はしばらくルイシャをよく観察し頭を捻《ひね》った後、こう言った。

「……気のせいか。なんか見覚えある顔だと思ったんだがなあ」

それを聞いたルイシャはほっとし、目にも見えない速さの手刀でその男を再び気絶させる。

そして満面の笑みで他の仲間の方を向く。

「これならなんとかなりそうだね！　他の人たちも今から同じことをやるから少し待っててね」

笑顔でそう言い放つルイシャを見たシャロたちはルイシャを怒らせるのは絶対にやめようと心に決めるのだった。

◇　◇　◇

全員の記憶処理が終わったルイシャたちはようやくダンジョンの入り口前に立つ。

古びた石を積み上げて造られたその入り口は地下深くへと続いていた。

「これがダンジョン。見るのは初めてですが確かに不思議な雰囲気がしますね」

ダンジョンが持つ不思議な魔力。

ルイシャはそれを肌でヒシヒシと感じていた。

「それでこれが例の封印ですか。確かにこの紋章はシャロの剣についてるものと同じですね」

ダンジョンの入り口には侵入者を拒むように半透明の壁が存在し、その壁には勇者の一族に伝わる紋章が浮かび上がっていた。

シオンが近くに落ちていた石をその紋章に向かって投げてみると、バチィ!! と火花が散り石が粉々に砕け散ってしまう。

「まあ見てもらった通りだよ。シャルロッテ君、お願い出来るかな?」

「……ええ。やってみるわ」

意を決した様子で封印に近づくシャロ。

するとそんな彼女の袖をルイシャが摑《つか》み、引き止める。

「どうしたの?」

「いや、その……もし僕のためにやろうとしてるなら無理にやらなくていいからね。封印は僕がなんとか出来ないか頑張るからさ」

眉を下げながら心配そうに言うルイシャ。

それを見たシャロは思わず「ぷっ!」と吹き出す。

「な、何がおかしいのさ!」

「ふふ、心配してくれてありがと。でも安心して。これは私のためでもあるんだから」

「え？　どういうこと？」

「私だって知りたいのよ、私のご先祖様のことがね」

まだきょとんとしているルイシャを置いて、シャロは封印の前に行く。

そして彼女は複雑な気持ちで勇者の紋章に目を向ける。彼女は入学試験の日、ルイシャに負けるまでは盲目的に英雄である先祖のことを信じていた。自分もいつか伝説の勇者のような人物になるんだと使命を感じていた。

でも今は違う。

ルイシャに負け、更に他のクラスメイトと接するうちに自分の行動理由を先祖に委ねるのは何か違うのではないかと思い始めていた。

だからシャロは自分の先祖が何を思って戦っていたのかを知り、その上で自分が本当にしたいことを考えようと思っていたのだ。

（だからこんなところでビビってなんかいられない！）

シャロは覚悟を決めると、宙に浮くその紋章に右手を伸ばし……それに触れる。

するとその瞬間指先にピリッとした衝撃が走り、それに呼応するように紋章が強く光を放つ。その光は徐々に淡くなっていき、最終的にゆっくりと消えていく。どうやら封印は完全に解けたようだ。

その一部始終を見ていたシオンは楽しそうに笑みを浮かべる。

「ふふ、僕の読みは当たったようだね」

そう言いながら入り口の中に足を踏み入れる。落とし穴が開いたり槍《やり》が生えてきたりもしない。どうやら罠《わな》はないようだ。

「ふう、よかった。どうやら無事に封印は解除出来たようね」

「しかし勇者の子孫がおらんと解けん封印とは穏やかやないなあ。いったいどんなお宝が眠ってるんやろか」

「まあ行ってみないと分かんないよね。気をつけて進もう」

「ルイシャ様の御身は私が守りますのでご安心ください」

「あんたは自分の心配した方がいいんじゃないの？」

わいわいと喋《しゃべ》りながらダンジョンに入ろうとする一行。しかし突然そんな彼らを呼び止める者が現れる。

「ちょっと待ったァ!!」

「「「「「へ？」」」」」

声に反応し振り返る五人。

そこには見覚えのない三人組の男女がいた。

腰に剣を携え軽鎧《けいがい》を身につけた剣士らしき男、黒い装束に身を包みナイフを装備している盗賊風の男、そして黒いローブと長い杖《つえ》が特徴的な魔法使いらしき女性の三人だ。

最初に話しかけてきた剣士らしき男性は振り返ったルイシャたちにこう言った。

「そのダンジョン、俺たちも同行させて貰《もら》えねえか!?」

「えと……あなたたちは誰ですか？」

ルイシャの疑問も当然だ。ダンジョン探索は常に危険と隣り合わせ、どこに罠があるか分からないし閉鎖空間なので逃げることも出来ない。見ず知らずの者と行うにはリスクが高すぎる。ルイシャの仲間たちも突然現れた謎の人物たちを警戒し、臨戦態勢を取る。

警戒されているのを察した男は両手を上に挙げ戦闘の意思がないことをアピールしてくる。

「お、驚かせてすまない！　俺は冒険者の『マクス』ってんだ！　君たちに危害を加えるつもりはないから安心してくれ！」

三人は警戒するルイシャたちに自己紹介を始める。

彼らの話によると三人は冒険者パーティ『ジャッカル』のメンバーらしい。

腰に剣をさした男性がリーダーの『マクス』。

黒い帽子に黒い服装が特徴的な盗賊風の男性『ジーム』。

そして黒いローブに身を包んだ女性が『マール』。

彼らのランクは全員銅等級。まだまだ一人前には程遠い駆け出しの冒険者だ。

「それでその冒険者さんたちがなんの用ですか？」

「まあそう警戒しないでくれ。俺たちは君たちと協力しようと思って声をかけたんだ」

「協力……？」

「ああ、さっきの戦い、実は俺たちはこっそり見てたんだ。助けに入らなかったのは申し訳ないけどな。悲しいことに俺たちは腕っ節が強くないから助けたくても助けられなかったんだ」

そう言ってマクスは申し訳なさそうに頭を下げる。

確かにルイシャの目から見ても彼らはお世辞にも強そうには見えなかった。助けに入っても力になれないのは本当のことだろう。

「ちょっと待ちなさいよ。別にあんたたちが私たちを助けなかったことはどうでもいいわ。でもあんな奴《やつ》らにも勝てないあんたたちを連れていくメリットはあるの？」

シャロがそう言うと、待ってましたとばかりにマクスは笑みを見せる。

「もちろん。俺たちは確かに弱いが、ダンジョン探索の経験は豊富なんだ。罠の見つけ方、隠し通路の場所、お宝の探し方と開け方、君たちは分からないだろう？」

それを聞いたルイシャたちは「確かに……」と納得する。

しかしそう簡単に決めるわけにはいかない。ルイシャたちは身を寄せ冒険者たちに聞こえないようヒソヒソ相談する。

（どうすんのルイ？　こんな訳も分からない奴ら連れてくの？）

（うーん、でも確かに僕たちはダンジョンの勝手が分からないし、いてくれた方が助かるとは思うけど……）

（ウチはお宝の分け前が減るのは嫌やわぁ）

（僕は楽しければなんでもいいよ）

（私はルイシャ様の決定に従います）

そんな感じで相談しているのを見たマクスはこのままでは断られてしまうと思い焦る。

「ちょっと見てくれよ！　俺たちは何度もダンジョンにアタックしてるから珍しいお宝魔道具も持ってるんだぜ！」

「え、魔道具を持ってるんですか！」

魔道具という言葉に食いつくルイシャを見てマクスはほくそ笑む。彼は背中に背負ったリュックを下ろしその中から魔道具を取り出す。

「まずはこれ、これは『アンプイヤリング』っつうイヤリングでな、なんとつけるだけで聴力が上がるんだ」

「へえすごい！」

「まあ片方しかないから片耳しかつけられないんだけどな！」

マクスがそう続けるとルイシャはがっかりした顔を見せる。しまった余計なことを言ったと反省したマクスは次の魔道具を取り出す。

「こ、これはスゴいぜ！　この『チャージリング』は装備した者の魔力を吸い取ってこの中に溜《た》めてくれるんだ！」

「おお、それは役に立ちそう！」

「ま、マックスまで溜まっても魔力を吸い取り続けて、限界を超えた分は勝手に外に放出しちまうんだけどな！」

「えぇ……」

また余計なことを言ったマクスはしまったと口を押さえる。そして今度は余計なことを言わないよう気をつけながら魔道具を取り出す。

「じゃあこれはどうだ！　この銀色のメダル『身代わりメダル』は鎖を通して首からかけるとどんな攻撃も防いでくれるんだ！」

「それは本当に役立ちそうですね！　試してもいいですか？」

「あ、軽くでも攻撃を受けたら一回で壊れちまうからやめてくれ」

「えぇー……」

漂う微妙な空気。マクスはその後も役に立つのか立たないのか微妙な魔道具をルイシャに見せて必死にプレゼンをした。

「……分かりました。ここはあなたたちの手を借りることにします」

「ほ、本当ですか!?　やったあ!!」
必死のプレゼンの甲斐《かい》ありルイシャは三人の同行を認める。正直断られるかと思ってい
た三人は手を叩《たた》き合って喜ぶ。
「それじゃあダンジョンの仕掛けは俺たちがなんとかしますので、戦闘はよろしく頼む
ぜ！」
堂々と戦力外アピールをしたマクスは、意気揚々とルイシャたちの後ろについてくる。
「さあ出発だ！　目指せお宝！」
調子よくそう叫ぶ新たな同行者を見て、シャロは「はあ、大丈夫かしら」と不安げにた
め息をつくのだった。

◇　◇　◇

新たな同行者と共に、ダンジョンを進むルイシャ一行。
内部は暗かったが、魔力灯という魔力で光るランプが数メートル間隔で設置されていた
ので大丈夫だった。
とはいえ何が起こるか分からない。この中でも一番の実力者であるルイシャが先頭を歩
き、腕に自信のない冒険者三人組は最後尾を歩いていた。

「やったなリーダー！　まさかこんなにあっさりついていけるとはな！」

「ふふふ、正に俺の読み通り。子どもを言いくるめるなど俺にかかれば朝飯前よ！」

そうこそこそ話をしながら静かに笑う三人組のリーダー『マクス』。

実は彼らは何日も前からダンジョンの前で封印が解かれるのを隠れて待っていたのだ。

そこに偶然現れたのがルイシャたち。他の冒険者たちを瞬殺しただけでなく、封印まで解いたルイシャたちを三人は見逃さなかった。

「坊主たちには悪いがこのダンジョンのお宝は俺たち『ジャッカル』がいただく。せいぜい俺たちの役に立ってくれよ……！」

彼ら三人組冒険者パーティ『ジャッカル』は強いパーティではない。

なので人に上手《うま》く取り入り、強い者を利用して漁夫の利を得ることを得意戦術としていた。

ルイシャたちは運悪くそんな彼らに狙いをつけられてしまったのだ。

もし強力な魔物が出たら押しつけて逃げてしまおう。そんな風にジャッカルの面々は考えていた。

（くくく、子どもの信頼を勝ち取るなんざ朝飯前よ。どれ、ここはひとつダンジョン探索の先輩として指導をしてやるか）

そう考えたマクスは先頭を歩くルイシャのもとに近づき横を歩く。

「ん？　どうしたんですかマクスさん」

「ただ歩くのも退屈かと思ってな、ダンジョンの話でもしてあげようと思ったんだよ」

「本当ですか！　やった！」

ルイシャは心底嬉《うれ》しそうにそう言うと、キラキラしたまっすぐな瞳でマクスを見つめる。

そのあまりに純朴な反応にさすがのマクスも胸が痛み「うっ」と呻《うめ》く。

「どうかしたんですか？」

「い、いやなんでもない。それより気をつけた方がいいルイシャくん、こういった暗くて狭い通路には決まって罠があるもんだ」

「へえ！　どんな罠なんですか？」

「俺が経験したのは下から槍が生えてくるものや矢が飛んでくるものだな。先端に毒が塗られてる時もあったから毒消しの薬は必須だな。こういう罠は床がスイッチになってることが多いから気をつけた方がいいぞ」

マクスがそう得意げに言った瞬間、ルイシャの足元でカチリと音が鳴る。まるで時が止まったかのようにピタッとその場に止まった二人はゆっくりと足元に目を向ける。……するとルイシャの踏んだ石の床が凹《へこ》んでいた。

「……マクスさん、スイッチってこんな感じのですか？」

「……その通り」

マクスがそう肯定した瞬間、一行の後ろにガコン！　と大きな音を立てて何かが落ちてくる。

「あれは……岩っ!?」

一行の後ろに落ちてきたのは二メートルを超す大きな丸い岩だった。通路は下り坂のためその岩は一行めがけゴロゴロと勢いよく転がってきた。

「お前《め》ぇ！　言ったそばから何踏んでんだよおっ!!」

「あ、あはは、すみません」

「ちょ、喋《しゃべ》ってないで逃げなさいよあんたたち！」

シャロに急《せ》かされ迫り来る岩からルイシャは走って逃げる。

道は下り坂が続いているので大岩の速度はどんどん増していく。このままでは近いうちに追いつかれてしまうだろう。

「あんたたち！　こういう時のためについてきたんでしょ!?　なんとかしなさいよっ！」

「ええ!?　俺たち!?」

シャロにどうにかするよう言われ、マクスは露骨に嫌そうな顔をする。しかしこのような荒事への対処は苦手だが、ダンジョンの罠《わな》はどうにかすると言った手前突っぱねることも出来ない。

「ぐぬぬ……わ、分かったよ！　やりゃいいんだろ！　頼むぞマール！」

「えぇ!? 私ですか!?」

「こういう時のための魔法じゃねえか！　頑張れ！」

「うぅ、やればいいんでしょやれば！」

リーダーの指示に嫌々従い、ジャッカルの魔法使いマールは岩の方を振り返り魔法を唱える。

「中位魔矢《ミドル・アロウ》！」

マールが杖《つえ》を振ると長さ五十センチほどの魔法の矢が現れ、まっすぐに大岩に飛んでいく。しかしその矢はぶつかった瞬間『パリン！』と音を立てて砕け散ってしまう。

「ええ!? 私の魔法が壊れちゃった!?」

「あの岩、魔封石《まふうせき》だ！　ちくしょうなんであんなものがここに!?」

マクスの言う魔封石とは字の如《ごと》く魔法を無力化してしまう効果を持つ石のことだ。

魔封石はとても貴重な石で中々お目にかかれるものではないのだが、驚くことに今ルイシャたちを追いかけている大岩は全てがその魔封石で作られていた。

「マクスさん！　魔封石に攻略法はないんですか!?」

「へ？　魔封石の攻略法？」

ルイシャに問われ考えるマクス。

とはいえ魔封石は滅多にお目にかかれない。多くのダンジョンに入ったマクスも見かけたのは一度だけだった。

「……確か前に魔封石の錠を見たことがあるが、その時は同行してた剣士が斬ってたな。でもそいつは金等級の凄腕《すごうで》冒険者だった。魔封石は硬さも尋常じゃないから壊すなんて考えない方がいいぞ！」

「なるほど、『魔法じゃなければ』壊すことが出来るんですね」

そう言うとルイシャは逃げるのをやめ、なんと来た道を逆走し始める。

突然の行動にジャッカルの面々は慌てる。

「お、おいおい！　何やってんだバカやろう！」

彼らは無謀なことをするルイシャを止めようとするが、そんな彼らを逆にシャロとアイリスが止める。

「大丈夫よ、あいつを信じなさい」

「そうです、ルイシャ様なら心配いりません」

そう言って二人は信頼に満ちた目でルイシャを見つめる。

その視線の先でルイシャは右の拳を強く握りしめ、迫り来る大岩に叩き込もうとしていた。

「気功術、攻式一ノ型『隕鉄拳《いんてつけん》・岩貫《いわぬき》』!!」

気功を込めた正拳突きである隕鉄拳。その拳の中指の第二関節を突き出すことにより、貫通力を増幅させた派生技だ。

その拳を受けた大岩は轟音《ごうおん》を鳴らしながら砕け散り、石の破片を辺りに砕き散らす。

「「「な……！」」」

その光景に驚き口をパクパクさせるジャッカルの三人。剣で斬るのも凄《すご》いというのにそれを素手で破壊するなんてとても信じられなかった。

「と、とんでもない奴《やつ》についてきてしまった……」

マクスの呟《つぶや》きに、残る二人はコクコクと頷《うなず》くのだった。

◇　◇　◇

襲いかかってきた大岩を打ち砕いたルイシャたちは長く続く通路を進んでいく。そして十分ほど歩いたところでとうとう通路の終わりが見えてくる。そこには石で出来た分厚い扉があった。どうやら次の部屋に行けるようだ。

「おっ、やっとこの薄暗い通路ともお別れやなあ。ほんまジメジメして敵《かな》わんわぁ」

「さて、次はどんな面白いことが待っているのかな……」

ワクワクした様子で分厚い石の扉を開け、シオンは中に入る。

その中は開けた部屋になっていた。ルイシャたち全員が入っても動き回る余裕のあるくらいの広さだ。天井も高く五メートルはありそうだ。

しかしそれ以外には何もなかった。扉もなければ物もない。

一行は何か仕掛けがないか部屋の隅々まで調べるが、スイッチも隠し扉もなかった。

「……けったいな部屋やなあ、なんも仕掛けがないなんてどないなっとるんやろか。もしかして既に宝は持ち出されてもうたんかな。ただ動きはごめんやで」

「まあまあもう少し探してみようじゃないかカザハ嬢。せっかくここまで来たんだし、さ」

緩み切った空気でそうカザハとシオンが話していると、そんな二人をマクスが窘《たしな》める。

「おいおい油断すんなよお前ら、こういう部屋にも何かしらの罠がある可能性は高い。例えばそうだな……扉を閉めたら罠が作動するとかな」

マクスがそう言った瞬間、ガシャンと扉が閉まる音が部屋に響き渡る。恐る恐る音のした方を見てみると、なんとそこには扉を閉めたルイシャがいた。

「お、おま……また……」

パクパクと魚のように口を動かすマクス。そんな彼を見てルイシャはまた自分が何かやらかしてしまったことに気づく。

「あれ、マズかったですか？」

その問いにマクスが答えるよりも速く部屋の仕掛けが作動する。なんと天井からジャキン!!　と音を立てて無数の大きなトゲが生えると、そのまま天井がルイシャたちめがけ下がってくるではないか。このままではものの数分で彼らは床とトゲに挟まれ串刺しになってしまう。

「「「ギャアアアアアッッ！！　死にたくないぃっ！！！」」」

絶体絶命の事態に泣き叫ぶジャッカルの三人。

天井に押しつぶされるトラップ自体は珍しいものではない。昔から存在する古典的なトラップだ。しかしだから恐ろしくないかというとそんなことはなく、このトラップに引っかかってしまった時の死亡率は九十％もあり、毎年多くの冒険者やトレジャーハンターが命を落としている。

かかってしまった時点で助かる見込みはないので、銅等級以下の冒険者は脱出を諦めて遺書を書けとまで言われている。それを知っていたジャッカルの面々は懐から紙を取り出し涙目で遺書を書き始める。

「拝啓。お母ちゃんへ。親泣かせな息子で悪い。少なくて悪いが俺の遺産は好きに使ってくれ……」

思い思いの後悔を綴《つづ》る三人。そんな彼らと対照的にルイシャたちは冷静だった。

「シオンさん、少し時間を稼いでもらえますか？」

「ん、いいよ。僕に任せて」

ルイシャに頼まれたシオンは天井を見上げながら魔力を練り始める。

「粘土創作《クレイ・クラフ》：柱《ピラー》！」

彼が魔法を唱えると地面から四本の太い柱が生えてくる。その柱はぐんぐん伸びていき、天井にガン！　とぶつかり天井が下がってくるのを受け止める。

「これで数分は持つよ。逃げ道の確保はよろしく！」

「せやったらウチの出番やな」

そう言ってカザハが右手を前に出すと、右の袖口から小さな蠅《はえ》のような虫がたくさん姿を現し、部屋の床や壁の近くを飛び始める。

その気持ち悪い光景にジャッカルの三人は思わず「うぷ」と吐き気を催す。

「カザハ、この虫たちはどんな虫なの？」

「こん子たちは『軍隊蠅《ぐんたいばえ》』ゆーてな、普通の蠅よりずうっと強くて賢い特別な蠅なんや。感知能力も高いからこん子らにかかれば隠し通路の一つや二つすぐに見つかるで。ま、その分ウチの魔力をたくさん食べられるけどな」

カザハは虫に力を貸してもらう代わりに自らの魔力を分け与えている。軍隊蠅一匹であれば与える量はさほど多くはないのだが、無数にいる蠅たち全てに与えるとなるとその量はかなりのモノだ。

「お、なんか見つけたようやでルイシャはん」

たくさん魔力を分けた甲斐《かい》もあり、軍隊蝿たちは部屋の一角に何かを見つけたようだ。

「その壁からほんの少し風を感じるみたいやな。裏が空洞になっとるんちゃうやろか」

「なるほど、では時間もあまりないことですしここは私が」

そう言って壁にスタスタと近づくアイリス。

すでにその右手には強力な魔力が練られており、身の危険を感じた虫たちは一斉に散らばって逃げ出す。

「鮮血の穿刃槍《ブラドドル・スピア》!!」

アイリスの手から吹き出した血が凝固し、先端が螺旋《らせん》状になった槍《やり》に形を変える。

その槍は虫が指し示した壁をいとも容易《たやす》くぶち壊す。すると壁のあった場所に隠し通路が姿を現す。

「さ、行きましょうルイシャ様。足元が汚れていますのでお気をつけください」

「うん、ありがとアイリス」

焦る様子を見せずトントン拍子にトラップ部屋を突破していくルイシャたち。そんな彼らを見てジャッカルの三人は次第に焦っていく。

「あいつらを出し抜くなんて、無理じゃね?」

彼らの嫌な予感は的中する。

ルイシャたちはその後もダンジョンの罠を次々と突破していった。火の海を渡り、流れくる水を押し除け、迫りくる魔獣を屠《ほふ》りどんどんダンジョンの奥へ進んでいく。とてもじゃないがジャッカルが彼《の》らを出し抜く暇などなかった。

そしてダンジョンに潜って三時間も経《た》った頃、ルイシャたちはとうとうダンジョンの最深部にたどり着いたのだった。

「うわあ、広いところだね」

そこはとても広いドーム状の部屋だった。天井の高さは二十メートルはあり、部屋の直径は目算では測りきれぬほどだ。

ガランとしていてなんの特徴もないこのドームだが、ただ一つだけ特徴があった。

「これがお宝なのかな？」

ドームの中央部にあったのは赤く光り輝く球体。人の拳ほどの大きさのそれは宙に浮いており明らかに異質だ。

うかつに触ったら何が起こるか分からないので、一行は少し離れたところで立ち止まり球体を観察する。すると急に球体の光がピカッ!!　と強くなる。

『……生命反応を検知。これより勇者因子の測定を開始する』

一行に聞こえないくらいの小さな声を発した球体は、突然動き出して一行の周りを回り始める。

「い、いったいなんなのコレ!?」

「お、俺だって分かんねえよ！　こんな仕掛け見たことねえ！」

　その赤い球体はダンジョン経験豊富なジャッカルのメンバーですら見たことも聞いたこともないものだった。

　下手に手を出して罠《わな》が作動したら困る。一行は何もすることが出来ず、ただただ飛び回る球体を目で追っていた。

　そしてしばらく一行を観察するように飛んだ球体は元の位置に戻ると再び声を発する。

『……分析完了。該当者二名。転送開始』

　そう言った次の瞬間、不思議な光がルイシャとシャロを包み込む。

「うわっ！」

「きゃ！　何これ!?」

　突然のことに戸惑う二人。

　己の主人の危機にアイリスが「ルイシャ様！」と叫びながら手を伸ばす……が、その手が触れる寸前で二人は光に包まれ消えてしまう。

「消え……た？」

　突然のことに混乱する一同。

　アイリスは素早く魔力探知をしてルイシャの魔力を探るが、彼女の探知範囲内に彼はおらず見つけることは叶《かな》わなかった。自分の魔力探知では捜索は不可能と判断した彼女はいつものクールな表情を崩し、物凄《ものすご》い剣幕でマクスに詰め寄る。

「いったいあれはなんですか!! ルイシャ様はどこに行ったのです!!」

「ちょ、痛いって嬢ちゃん! 俺に聞かれたって困るぜ!」

アイリスの鬼のような形相に怯《おび》えるマクス。そんな彼女の暴走気味の行動を見かねたカザハとシオンが止めに入り二人を引き離す。

「やめぇやアイリスはん。そんな八つ当たりしたところでルイシャはんが戻るわけでもないやろ? ウチらに今求められとるんは冷静に考えることや、違うか?」

「ぐ、しかし……いえ、あなたの言う通りです。取り乱しました。すいません」

冷静なカザハに諭され落ち着きを取り戻したアイリスは、素直にマクスに頭を下げる。

それを見て「よし、ええ子や」とアイリスをなでなでしたカザハは、再びマクスに問いかける。

「で、マクスはんは今起きたこと、本当に何も分からないんか?」

「……正直全く見当がつかない。でも二人の消え方は『転移魔法』の消え方によく似ていた。多分二人はどこか別の部屋に転移させられたんだろう」

「転移……よかった……」

ルイシャが無事な可能性が出たことでアイリスはほっと胸を撫《な》で下ろす。

しかしカザハとシオンの顔は険しかった。

とるわ」

「気づいとるかシオンはん。なんか嫌ぁな気ぃを感じるわ。ウチの子たちもビビって震え
「そうだね、どうやら僕たちは選ばれなかった側のようだ」

二人の意味深な言い方に疑問を持ち、マクスは尋ねる。

「選ばれなかった？　どういうことだ？」

「さっきの球体は僕たちを観察していた。そしてその上でルイシャ君とシャルロッテ君を転移させた。つまり基準は分からないけど二人は合格し、次に進めた。そして僕たちは選ばれずここに残されたって可能性が高い」

「ちょ、ちょっと待ってくれ、それじゃつまりもう俺たちは……!!」

「そう、用済みということになるね」

シオンがそう言った次の瞬間、彼らの前方に突如何か大きな物体が落下してくる。そのあまりの重量に地面はひび割れ、ドゴオオオォォン!!　とドーム内に轟音《ごうおん》を巻き起こす。

「ふふ、おいでなすったね。楽しくなってきた」

落ちてきた謎の物体、それはなんと全長十メートルはある巨大な岩のゴーレムだった。

ゴーレムは赤い瞳をギン！　と光らせるとその鋭い双眸《そうぼう》でシオンたちを睨《にら》みつける。とてもじゃないが話し合いで解決出来そうな雰囲気ではない。戦闘は避けられないだろう。

「さて、あの化け物に僕たちでどれだけやれるだろうか」

最高戦力であるルイシャを失った状態で、ダンジョン最強の敵との戦いが幕を開ける。

◇　◇　◇

一方その頃ルイシャとシャロの二人はさっきまでいた部屋とは全く別の場所に転移させられていた。

「ううん……ここは？」

身を包んでいた光が消え、視界を取り戻したルイシャはチカチカする目をこすりながら目を開く。

そこはさっきまでの古びた感じの石材で作られた通路とは違い、まるでつい最近作られたかのごとく綺麗《きれい》な空間だった。傷一つない綺麗な石畳が規則正しく並べられていて、その丁寧な造りは神聖な雰囲気すら感じられる。

「ここはどこなんだろう……それにみんなは？」

彼のその疑問に、一緒に転移されたシャロが答える。

「どうやら私とルイだけがここに転移させられたみたいね。なんでかは知らないけど」

「そっか……みんな無事だといいけど」

「それよりも自分の心配をした方がいいわよ。あそこよりもここの方が危険な可能性は十分高いもの」

　そう言って彼女は腰から剣を抜き、警戒した様子で辺りを見渡す。気丈に振る舞ってはいるが剣を握る手が僅かに震えている。いくら強いとはいえ彼女はまだ年頃の女の子、不安になるのも無理はない。

　ルイシャは彼女のそんな気持ちを察したのか、剣を握ってない方の手を優しく握る。

「大丈夫、僕がついてる」

　いつもの温和な彼とは違う、力強くて頼りになる台詞《せりふ》にシャロは思わずドキリと胸が跳ねるのを感じる。

「ふ、ふんっ！　自分の身は自分で守れるわ！　まあルイがどうしてもって言うなら守らせてあげてもいいけどっ！」

「はは、それじゃお言葉に甘えて騎士《ナイト》の役目を務めさせてもらうよ」

　ルイシャは彼女のそのツンツンした態度が照れ隠しだと分かるようになっていた。なので嫌がる素振りを見せるシャロの手を物怖《ものお》じせずにぎゅっと強く握って一緒に歩き出す。

　暗い道をしばらく進んでいくと、二人の目の前に小さな建築物が現れる。その建物の前にはなんと黒いローブを着た人物が一人立っていた。

「「……!!」」

　唐突に現れた謎の人物を警戒し、二人は剣を抜き臨戦態勢に入る。

このダンジョンはルイシャたちが入るまで封印されていた。二人より先に進める人間がいるはずないのだ。ダンジョンが生み出すことが出来るのはモンスターだけに限られ、人間や亜人は生まれることはないのだから。

切っ先を謎の人物に向けながら、ルイシャは恐る恐る近づいていき、その人物に話しかける。

「あなたは、誰ですか?」

正直返事が返ってくることは期待していなかったのだが、謎の人物はルイシャの呼びかけに反応し口を開く。

「……お待ちしておりました、勇者の意思を継ぎし方々。私はあなた方の敵ではありませんので武器を下げていただいて大丈夫ですよ」

しゃがれた声で黒ローブの人物はそう言う。

返事が返ってきたことに驚いた二人は動きが止まる。確かにその人物の声から敵意のようなものは感じ取れなかったが、あまりにも状況が怪しすぎる。とても素直にその言葉を信じることは出来ない。

しかしそんな二人に配慮することなく、その人物は「ついてきてください」と一言だけ言って建物の中に入っていってしまう。必然二人は置き去り状態だ。

「……どうしよっか?」

「どうするもこうするもついていくしかないでしょうね、他に道もないし」

二人は意を決し、最大限に警戒しながら建物の中に入っていく。四角い外観をしたその建物の中は想像していたよりも広かった。中には特に物は置いておらず、目立った装飾もない簡素な空間だ。

しかしここには一点だけ大きな特徴があった。

それは壁に描かれた大きな壁画。石を削り出して作られたその壁画は全長十メートルはある巨大な代物で、そこには四人の人物の絵と文字が彫られていた。

当然二人はその壁画を眺める。するとその四人の人物の中によく知った人物を発見する。

「「勇者オーガ……！」」

漆黒の鎧《よろい》とヒト族離れした大きな体躯《たいく》、そして勇者のシンボルでもある背中に装備した大剣。その姿は大陸中で売られている絵本に描かれた勇者の姿と瓜二《うりふた》つだった。

思わぬ出会いに驚く二人のもとにローブの人が近づき共に壁画を眺め始める。

「左様、ここに描かれているのは三代目勇者オーガ様その人です。よく描かれているでしょう？」

懐かしむような声でローブの人物は言う。まるで実際に会ったことがあるような口ぶりだ。

「いったいここは……それに貴方《あなた》は誰なんですか？」

「はい、一つずつ答えさせていただきます」

そう言って目深に被《かぶ》っていたローブのフードをパサリと外す。

二人はフードの下から出てきた顔を見て目を見開き「「……!?」」と絶句する。それほどまでにその人物の顔は衝撃的なものだった。

「ふふ、驚かれるのも無理はありません。こんな腐、った顔を見せられましたらそうもなるでしょう」

そう言ってその人は「ふふふっ」と醜く崩れた顔を歪《ゆが》ませて笑う。

その見た目は生きた死体のモンスター『ゾンビ』に酷似していた。肌は黒ずみ皮膚は爛《ただ》れ、墓から出てきたような見た目をしている。

しかし知性のかけらもないはずのゾンビと異なり目の前の人物は理性が残っていてこうして普通に話すことが出来た。

およそゾンビらしからぬハッキリとした口調でその黒ローブの人物は自己紹介を始める。

「私の名前は……えーと……なんでしたっけ? ははは、すみませんド忘れしてしまいました。これだからゾンビの体は嫌になりますわ。こう見えても三百年前はそこそこ頭はよかったのですよ」

そう言ってクスクスと笑うゾンビ。

口調から察するに生前は女性、そして育ちのよさを感じさせる所作から察するにお嬢様

だったのかもしれない。

聞いたことも見たこともない元気なゾンビに戸惑いながらも二人は彼女に自己紹介し、自分たちがどのような経緯でこのダンジョンに来たのかを話した。

「なるほどなるほど、お二人は学生さんなのですね。ふふ、どうやら外の世界は平和そうですね、喜ばしい限りです」

彼女は上品に笑うがその顔はゾンビ、なんともシュールな光景だ。

自分たちのことを話し終えたルイシャは彼女にずっと気になっていたことを尋ねる。

「ではそろそろ教えていただけますか？　あなたとここのことを」

「はい。ここはオーガ様の情報を後世に伝える情報保存施設になります」

「情報……保存施設？」

「はい。決して外に漏らしてはいけない情報。それを遠い未来に残すためこの施設は作られました」

彼女は大事なものを触るような優しい手つきで壁画に触れ、ゆっくりと語る。

「私もまた施設の一部なのです。ここに保存された情報を正しく伝えるため、長い間ここで情報を伝えるにふさわしい方をお待ちしていました」

それを聞いたルイシャの頭の中でピースが嚙《か》み合い一つの推測が浮かんでくる。もしその推測が当たっているなら目の前の人物がゾンビであることに説明がつく。しかしその答えはあまりにも……あまりにも悲しい。

「あなたは、自らそうなることを選んだんですか？」

「はい、そうです。生身の肉体ではとても生きながらえることは叶《かな》いません。なので私は望んで不死の体を持つゾンビになったのです」

◇　◇　◇

一方その頃アイリスたちは巨大ゴーレムと戦闘を開始していた。

十メートルを超す巨体には巨木の如《ごと》き太い手足が生えており、それをゆっくりと動かしながらズシン！　ズシン！　と彼女たちのもとへ歩いてくる。一歩歩くごとに地面は揺れ、足元に亀裂が走る。どうやら相当の重量を持っているようだ。

重ければ重いほどその攻撃の破壊力は増す。一撃でもくらえば人間などぺちゃんこだろう。戦いを避けるに越したことはないが既に入り口は封鎖されており逃げ場はない。アイリスたちには戦う以外の選択肢は残っていなかった。

「いかに大きかろうと所詮はゴーレム……！　私が処理します！」

覚悟を決めたアイリスが眩《まばゆ》い金髪を靡《なび》かせながらゴーレムに向かって走り出す。

吸血鬼の身体能力を生かし高速で接近した彼女はゴーレムの腹部めがけ魔法を放つ。

「鮮血の穿刃槍《ブラドドル・スピア》!!」

彼女の手から螺旋《らせん》状の刃の槍《やり》が放たれゴーレムに向かって飛んでいく。その威力と貫通性能の高さは天井が下がってくる部屋で実証済みだ。

倒すまではいけなくとも、これでゴーレムの体の硬度は測れるだろう。そう思って放たれた魔法だったが、彼女の思惑を外れ相手の思わぬ特性を暴くことになる。

なんとアイリスの放った魔法はゴーレムに当たった瞬間『パリン!!』とガラスが割れるような高い音を鳴らし砕けてしまったのだ。普通にぶつかって壊れた感じとは全然違う壊れ方、一行は一度この光景を目にしたことがある。

「う、嘘《うそ》だろ……!? 魔封石《まふうせき》で出来たゴーレムなんざ聞いたことねえぞ!?」

マクスの言葉に全員に緊張が走る。

今の槍の壊れ方はマールが魔封石に魔法の矢を放って砕かれた時と全く同じだった。それは目の前のゴーレムが魔封石で作られた世にも珍しいゴーレムだということを示す。

魔封石の特徴は二つ、魔法への完全耐性と高い防御力。そんな素材で出来たゴーレムなど厄介に決まっている。強い剣士や格闘家がいるなら勝ち目はあるかもしれないが今この場にそんな者はいない。絶体絶命の窮地に立たされたジャッカルの三人の脳裏に「死」の一文字が浮かぶ。

しかしそんな状況にあってもアイリスの闘志は消えず、一人果敢にゴーレムに立ち向かっていく。

「嬢ちゃん！　一旦退《ひ》くんだっ！」

マクスはそう叫んで彼女を呼び戻そうとするが、もちろんそんなものでは彼女は止まらない。

アイリスは魔法による攻撃が無駄だと分かると、瞬時に肉弾戦で戦う戦法へとシフトする。

確かに吸血鬼の身体能力はヒト族よりもずっと高い。素手であのゴーレムを倒せる者もいるだろう。しかしアイリスはまだ若く、しかも魔法主体での戦いを得意としている。武器なし魔法なしの素手対決であればシャロにも及ばないだろう。

しかしそれを理解していてもなお、彼女は止まらなかった。主人の安否が不明の今、ルイシャを捜す障害はいち早く排除しなければならない。そんな不屈の忠誠心が彼女を突き動かしていた。

「――――ハァッ!!」

アイリス渾身《こんしん》の回し蹴りがゴーレムの腹部に炸裂《さくれつ》し、スパァン!!　と大きな音が鳴り響く。

しかし魔封石の硬度は凄《すさ》まじく、ただの物理攻撃では傷一つつかなかった。

「くっ……！」

非常に硬いゴーレムを思い切り蹴ったことにより、攻撃した側のアイリスの足は赤く腫れ上がってしまう。さすがの彼女もその痛みに動きが鈍くなってしまう。

その僅かに出来た隙をゴーレムは見逃さなかった。巨体に見合わぬ速度で拳を放ち侵入者を排除しにかかる。

「しまっ……！」

気づいた時にはその拳はすぐ側《そば》まで迫っていた、とてもじゃないが痛んだ足では避けることは出来ないだろう。逃げることを諦めたアイリスは少しでも衝撃を減らそうと腕を体の前で交差させガードの体勢を取る……が、その拳がアイリスに当たることはなかった。

「……ったく危なっかしいやっちゃで！　いい加減にしぃや！」

そうカザハの声がした瞬間、アイリスは彼女に抱き抱えられていた。そして自分の体は高速でゴーレムから離れていき、安全なところへ逃げおおせていた。

なぜ人一人抱えたカザハが猛スピードで移動することが出来たか。その秘密は彼女の足元にあった。

「サンキューなムーちゃん。おかげで助かったで」

『キチチッ！』

彼女の足元にいたのは巨大なムカデのムーちゃんだ。物凄《ものすご》い脚力を誇るムーちゃんは人二人を背中に乗せたまま高速で走り、ゴーレムから逃げきってみせたのだ。

「ここまで逃げれば大丈夫やろ……と思うたけど敵さんはご立腹みたいやな」

ゴーレムはターゲットを取り逃したことに腹を立て、全力でアイリスたちのもとへ走ってくる。いくら足が遅いといえどこの逃げ場のない空間では捕まるのは時間の問題だろう。

覚悟を決めたカザハはアイリスをムーちゃんから降ろし、一人ゴーレムに向かい合う。

「ほな二回戦といこか。協力してもらうでアイリスはん」

「なんで……助けたのですか。私なんて放っておけばいいじゃないですか」

彼女には理解出来なかった。今までほとんど話したことのない自分を、なぜ危険を冒してまで助けてくれたのかが。

アイリスの純粋な疑問を受けたカザハは一瞬キョトンとした顔をし、その後「ぷっ」と吹き出す。

「な、なぜ笑うのですか」

「いやすまんすまん、おかしゅうてついな。ウチがなんであんたを助けたか、そんなもんあんたもよう分かっとるはずやで」

「私も……分かっている？」

意味深なことを言われ困惑するアイリス。

そんなことを言われても彼女は全く心当たりがなかった。いったいなんのことだと聞き返そうとするが、その間にゴーレムはかなり近づいてきていた。

「お前たち、一旦逃げろ！」

マクスの叫び声に反応し、二人は散り散りに逃げる。

ゴーレムの拳が二人のいたところに放たれ、ビキビキビキッ!! と地面に亀裂を走らせる。くらえばいくら頑丈な吸血鬼でも命はないだろう。

「うへ、魔法の効かない体にこの破壊力。このゴーレムの強さA級はあるんじゃないか？」

ゴーレムの攻撃を見たマクスは顔を青くしながらそう呟《つぶや》く。

彼の言うA級というのは冒険者協会が定めた強さのランクだ。

F～A級の順で強くなっていき、更にその上にS級が存在する。

そしてA級の魔物は金等級の冒険者パーティや将紋《しょうもん》の持ち主でやっと倒せるランクの強さだ。とてもじゃないが銅等級のジャッカルが太刀打ち出来る相手ではない。

「ねえマクス！ 逃げようよ！」

「そうだ、俺たちが敵《かな》う相手じゃない！」

仲間からそう提案されるマクスだが彼は首を縦に振らなかった。

出来ることなら彼だって逃げたい。しかし入ってきた通路はいつの間にか塞がってしまい逃げ道がなくなっていたのだ。

「確かダンジョンから抜け出せる魔道具を持ってたよな、それを使えばいいんじゃねえか？」

「それはもう試した。だがこの部屋には脱出を封じる仕掛けがあるみたいで発動出来なかったんだ」

「そ、そんな……」

最後の希望が潰《つい》え、ジームはその場に膝をつく。

「じゃあせめて通路の端っこでジッとしてようよ！　私たちがいても邪魔なだけだよ！」

足を震わせながらマールがそう訴える。

彼女の言うことは正しい、以前のマクスであれば迷わず逃げていただろう。しかし今の彼は違った。

「なあ、お前らは今回のダンジョンどうだった？」

「へ？　どういう意味？」

突然の質問にキョトンとするマール。そんな彼女にマクスは少し恥ずかしそうな様子で言葉を続ける。

「俺はさ、楽しかったんだよ。聞いたこともない仕掛けに今まで経験したことのない強さの敵、そんで偶然出会った常識外れに強い子どもとそれに振り回される俺たち。まるで物語の登場人物にでもなった気分だった」

マクスの言葉を二人の仲間は真剣に聞く。二人もマクスと同じ気持ちを全く抱かなかったと言ったら嘘になる。

「そしたらよ、思い出しちゃったんだよな、冒険者になりたてのあの頃を。有名な冒険者になることを夢見てた、まだガキだったあの頃をよ」

冒険者になる者は大きな夢を持ってその扉を叩《たた》く者がほとんどだ。ジャッカルの三人もそれは例外ではない。

マクスは英雄譚《たん》に憧れて、ジームはお宝を見つけ富豪になることを夢見て、マールは大魔法使いになることを夢見て。それぞれ大きな夢を胸に抱いて冒険者の道を選んだ。

しかし現実はそう甘くなく、彼らは早々に才能という高い壁に阻まれその夢を諦めていた。

これは珍しい話ではなくほとんどの冒険者が経験する話だ。事実冒険者の八割はどんなに頑張っても銅等級より上に上がることは出来ない。それより上の銀等級に行くには優れた才能が必要不可欠なのだ。

その現実に気づいたある者は辞め、またある者は腐っていってしまう。

――しかしマクスはまだ腐り切ってはいなかった。

「今更主人公になれるだなんて思っちゃいねえ。でもよ、俺たちだって長えこと冒険者をやってんだ。何も出来ねえことはねえはずだ」

そう語るマクスは自分の体が熱くなっていくのを感じる。

心が、体が、叫んでいる。今まで凡人なりに頑張っていたのは今日この日のためであったと。

今を逃せば二度と変われるチャンスは巡ってこないことを本能で理解していた。

「だからよ、あの才能まみれのガキたちに見せてやらねえか？　無駄に経験ばっか積んだ俺たちの姑息《こそく》で卑怯《ひきょう》な戦い方をよ！」

輝いた顔で最低のことを言うリーダーに、仲間の二人は思わず苦笑してしまう。その顔に既に不安の色はなく、代わりに彼ららしい太々《ふてぶて》しい笑顔があった。

「姑息で卑怯な戦い方、か。確かにそれなら得意だ」

「はは、ていうかそれしかやってきてないしね」

仲間の心強い返答に、マクスは大きな笑みを浮かべる。

「くく。最高だぜ。お前らとパーティを組んでよかった」

結束した三人はゴーレムと戦う子どもたちの方を向く。

なんとか戦えてはいるが戦況はよくなさそうだ。

「よっしゃ行くぞお前ら！」

「「了解！！」」

あの日の夢の続きを見るため、姑息な大人たちの英雄譚が再び幕を開けた。

◇　◇　◇

一方その頃ルイシャたち。

「自らゾンビになったですって……!?」

あまりの事実に言葉を失うシャロは驚愕《きょうがく》する。それほどまでに目の前の人物の行動は常識はずれだった。

そもそもゾンビとは何か。

ゾンビとは不死者《アンデッド》の一種である。

肉体は死んだにもかかわらず活動を続けることの出来る者たちの総称が不死者であり、骨のみで動く『スケルトン』や霊体の『ゴースト』など多くの種類がいる。

そして自らの肉体を維持したまま不死者になった者を『ゾンビ』と呼ぶ。

肉体を持ったままのため他の不死者と違ってゾンビは生前の記憶を残しやすい。なので不死者になりたい者はゾンビを選択する者が多い。

その理由は死への恐怖や探究を続けるためなど人によって異なる。

人間がゾンビになるのは、優秀な魔法使いがいれば難しい話ではない。しかし成功したとしても段々と腐り落ちていく肉体、それに伴い衰える思考能力と記憶、これらに耐え切れる者は少なく数年で命を絶ってしまったり人に害なすモンスターへと成り下がってしまうのがほとんどだ。

なのでいくら長生き出来るといってもゾンビに好き好んでなる者は極めて少ない。特に女性はその美しかった顔が崩れていくことにとても耐えられない。

それにもかかわらず目の前の女性は三百年もの間、醜く崩れ、どんどん人からかけ離れていく恐怖にたった一人で耐えながらここで待っていたのだ。

その苦労はルイシャたちに測れるものではなかった。

「そんな悲しい顔をしないでいいのよ二人とも。私は大丈夫だから。ここにいるのはもちろん辛《つら》かったけれど、あなたたちが来てくれたから私は報われた」

「そんな……」

ルイシャには彼女が過ごした三百年という時間の重みが分かるだけにとても辛かった。

もし無限牢獄《ろうごく》の中で一人で三百年も過ごすことになったらとても精神的に耐えられなかっただろう。

目の前の女性はおそらく勇者オーガの関係者だ。ルイシャからしたら敵と言っても過言ではないが、彼はとても彼女と戦う気になんてならなかった。

それよりも受け取らなければいけないと感じた、彼女が長い間守り通した勇者の情報を。

「あなたが守り抜いた情報は僕たちが受け継ぎます。だから教えていただけますか？」

その言葉にシャロも無言で頷《うなず》く。二人の強く優しい眼差《まなざ》しに心を打たれた女性は俯《うつむ》き目元を拭う。もう涙は出ることなどないが、確かに彼女は目元が熱くなるのを感じた。

「それでは説明しましょう。この壁画に描かれている勇者様と三人の人物、この方たちこそ歴史上最強と言われる勇者オーガのパーティです。彼らは三厄災と呼ばれる三体の凶悪な魔物の一体、『悪虐王ジャバウォック』を討伐した方たちです」

それを聞いた二人は驚き目を見開く。なぜなら勇者には仲間がいたことは広く知られているが、それが何人いてどのような人物なのかは知られておらず、子孫であるシャロですら知らない情報だったからだ。

なぜオーガが親族にすらそれを明かさなかったのかは今でも議論が尽きない。

その理由として最も有力な説は仲間が異種族だった説だ。三百年前は今よりも亜人や獣人への差別が凄《すさ》まじかったため勇者の評判を落とさないよう隠していたという説だ。

しかしその説も勇者の人徳の高さを考えるに違うのではないかと言われている。

そんな人類史にとっても大きな謎がこんなところで明らかになるなんて二人は想像だにしていなかった。

壁画に一番大きく描かれているのはもちろん勇者オーガだ。

全身を覆う漆黒のフルプレートメイルに巨大な剣、伝承通りだ。

そしてその隣にいるのは耳の尖《とが》った女性だ。背中からは二対の大きな蝶《ちょう》のような羽が生え、手には身の丈ほどの杖《つえ》を持っている。その絵の下にはその女性の名前が書いてあった。

「妖精王ティターニア……!!」

妖精王という言葉にルイシャは聞き覚えがあった。

この世界のどこかにひっそりと存在するという秘境、『妖精郷』。そこには妖精やエルフや幻性生物が住んでいるという。そしてそこを治める王が『妖精王』だ。

お伽話《とぎばなし》でのみその存在が語られ本当に存在すると思っている者はほとんどいないが、ごく稀《まれ》に妖精郷に迷い込んだという者も現れる。その話はだいたいは冗談か頭がおかしくなったのかと一笑されて終わってしまうが、ここにある壁画が真実なのだとしたら妖精郷は実在する可能性が高い。

二人は衝撃を受けながらも次の人物に目を移す。

そこにいたのは屈強な獣人と思わしき男だった。大きなタテガミに鋭い牙と爪。特徴から考えるにライオンの獣人だろうか。

そしてその下には『三界王バルムンク』の文字。しかしルイシャもシャロもそんな人物に思い当たる節はなかった。

「この人はどんな人なんですか？」

「えーと……少々お待ちください」

そう言うとゾンビの女性はブスッ!!　と人差し指を自分の側頭部に突き刺し、その中、つまり脳味噌《のうみそ》をぐちゃぐちゃかき回し始める。

突然の事態にルイシャとシャロは口をあんぐり開けて絶句する。

「ち、ちょっと何やってんのよ」

「すいません、こうすると記憶が少し蘇《よみがえ》ってくるんですよ。お見苦しいですが少し我慢してください」

そう言われると流石《さすが》のシャロも言い返すことは出来ない。胸にモヤモヤしたものを残しながらも渋々引き下がる。

「あー、思い出してきました。そうそうバルムンク様は勇者様一行の中でも最強の破壊力を持った格闘家でした。数の多い獣人の中でも当時最強の戦士として獣人に崇《あが》められていました」

「そんな人がいたんだ……」

獣人に詳しくないのでルイシャは後でその人のことをヴォルフに聞こうと心の中にメモをした。

そして最後の人物。

『蛇王エキドナ』と書かれたその人は上半身が人間の女性、下半身が大蛇という姿だった。いわゆる蛇人《ラミア》族と呼ばれる種族だ。

亜人の一種であまり人前に姿を現さず、森の奥地でひっそりと暮らしている種族だ。

「この人も知らないなあ。シャロは何か知ってる？」

「残念ながら私も知らないわ。全く、こんな超重大な秘密を私の代で引き継ぐことになるなんて運がいいんだか悪いんだか分からないわね」

額に汗をにじませながらシャロはそう言った。ゾンビの女性も脳をぐりぐりしてみるが何も思い出すことは出来なかった。

「この四人が伝説の勇者パーティなんだね。勇者以外は全員ヒト族じゃないなんてビックリだよ」

「そうね、やっぱり亜人が仲間だって知られたくないから隠してたのかしら」

仲間の正体を知った今でも勇者の真意を理解出来なかった。もし仲間の情報を公開していれば、亜人と獣人への差別は薄くなっていたのではないかとシャロは考えてしまう。勇者は差別をなくそうとしていたというのは嘘《うそ》だったのだろうか？　彼女の頭の中で疑問が渦巻く。

「大丈夫だよシャロ。僕もいるから」

不安げに揺れる彼女の肩に、ルイシャは優しく手を置く。

その温かさに触れ、彼女は正気を取り戻す。

「ふふ、ありがとルイ」

そう言って笑うシャロだが、この瞬間彼女の頭にある疑問が浮かび上がる。

「そういえば……なんでルイもここに呼ばれたの？　ルイは勇者の子孫じゃないわよね？」

それを聞かれたルイシャは内心激しく動揺する。

彼には思い当たる節が一つだけある。それはもちろん無限牢獄にいたことだ。

あそこに長いこといたせいで勇者の関係者とみなされたのではないかと彼は予想していた。しかしそのことをシャロに言うことは出来ない。なのでルイシャは「な、なんでだろうねー」とすっとぼけることしか出来なかった。

しかしシャロはそんな返事では納得することが出来ず、ゾンビの女性に問いかける。

「ねえ、なんでこいつが呼ばれたの？　いったいどういう基準でここに呼んでるの？」

「えーと……申し訳ありません。それは私には分からないです」

申し訳なさそうにワタワタした感じで言うゾンビの女性。

「え？　あなたここの管理人なんじゃないの？」

「えへへ、そうなんですがもう脳味噌が少ししか残ってないもので。だいぶ記憶もおぼろげなんですよね、すみません」

「そ……そう、それは悪いことを聞いたわね。ごめんなさい」

自分の非を認め素直に謝るシャロ。随分丸くなったものだとルイシャは感心する。

無限牢獄のことがバレなかったのはいいが、これからどうしたものだろうとルイシャは悩む。勇者の仲間を知れたのはいいが、だけどそれをどう活《い》かしたらいいのだろか？　と。

歴史的には超貴重な情報かもしれないが逆に言えばそれだけの価値しかない。この情報では無限牢獄の封印を解く手がかりにはならない。

せっかくこんな重要そうな施設に来ることが出来たのにこのまま引き下がるわけにはいかない！　そう思ったルイシャはこのままお別れしそうな空気を断ち切り質問する。

「あ、あの！　何か他に伝えなきゃいけないことはないですか!?」

「他に、ですか？　うーんどうでしたかねえ」

すると彼女は自分の頭に両手の指を突き刺し再び脳をこねくり始める。

「えー、あーうー、んmー、あjお。ふおあっm」

声にならない声を上げながら必死に記憶を辿《たど》るゾンビの女性。そのグロテスクな光景に思わずやめさせたい衝動に駆られてしまうが、二人はそれをグッと堪《こら》える。

やがて彼女は何かを思い出したのか「あ」と一言口にすると、頭から指を引き抜く。

「……お待たせしました。そういえば私がこの施設を作るとなった時、勇者様から直々に言われたことがありました」

「本当ですか!?　いったいなんて言われたのですか!?」

「勇者様はこうおっしゃっていました。『もしここに辿り着いた者がいて、困っているようだったら私の仲間を頼るように言え』と」

「仲間を……頼る？」

普通に考えたら仲間とはこの壁画に描かれている三人のことを指しているだろう。

しかしこの三人を頼れと言われても、全員三百年前の人物だ。今も生きているのかすら分からない。

それにこの三人は全員超のつく実力者だろう。ルイシャの正体に気づき敵対される可能性もある。そうしたら今の自分で勝てるだろうかとルイシャは不安になる。

「これで私の伝えることは全てです。役目を終える日を心待ちにしていましたが、いざ終わるとなると寂しいものですね」

嬉《うれ》しそうに、そしてどこか寂しそうに語る彼女の体が、徐々に崩れていく。とっくに彼女の体は限界を迎えており、気合いでそれに耐えていたのだ。役目を終えた今それに抗《あらが》う意味はない。

彼女は安らかな笑みで大地へ還《かえ》りながら思い出したようにこう言う。

「あ、そういえばもし他の方と一緒に来たなら助けに行った方がいいですよ。転移されなかった人は侵入者とみなしゴーレムが襲うことになっていたはずですので」

「ええ!? それを早く言ってくださいよ!!」

「場所はここの真上です。気をつけてくださいね」

「シャロ! 僕先に行ってるね!」

「ええ! 私も後から行くわ!」

シャロに別れを告げたルイシャは建物から足早に出ると、足に溜《た》めた魔力を爆発させ天井にぶつかる。そしてそのまま体を回転させ、まるでドリルのように掘り進んでいく。

嵐のように去っていくルイシャを見てゾンビの女性はきょとんとする。

「す、すごい人ですね……あの方は何者なのですか？」

「さあ？　私が聞きたいぐらいよ」

そう言って「くくく」と笑うシャロ。それを見ただけでゾンビの女性は二人が堅い絆《きずな》で結ばれていることを察する。

彼らみたいな若者がいるなら大丈夫だろう。そう安心した彼女は安らかな顔で朽ちていく。

シャロはそんな崩れゆく彼女の手を取り、その濁った目を強く見つめる。

「私たち一族のために長い間ありがとう。間違いなくあなたも『勇者』よ。未熟な私よりもずっとね」

そう自分を勇気づけてくれるシャロを見て、女性には勇者オーガとシャロの姿が重なって見える。

「間違いなくあなた様はあの方の血を引くお方。オーガ様の意思を引き継ぐお方の姿を見ることが出来て私は報われました。本当にありがとうございます……」

今にも消えてしまいそうな声で喋《しゃべ》る彼女の頭をシャロは優しく抱きしめる。ベチャリと彼女の肉片と死臭が服につくがそんなことは気にならない。今はただ、自分の先祖に忠心を捧げてくれた彼女に少しでも温《ぬく》もりを分けてあげたかった。

抱きしめた彼女の体は細く、力を込めれば折れてしまいそうなほどに柔らかい。こんな体で長い時を耐え抜いたのかと思うとシャロの心は張り裂けそうになる。

そんな彼女に最大限の感謝と、最上級の礼を込めて、シャロは言葉を贈る。

「あなたの意思は私が受け継いだ。だから安心して逝きなさい」

それを聞いた彼女は安らかな表情を浮かべる。

「はい、お託しします。どうかいつまでも平和な世……を……」

徐々に彼女の声はか細くなっていき、遂《つい》に瞳から光が失われていく。どうやらお別れの時のようだ。

「ああ……勇者様……私も、今あなたのもとへ………」

虚空に伸ばした手が空を切り、だらりと下がった時、彼女は物言わぬ骸《むくろ》になっていた。

その骸は砂のように崩れ去り地面の砂と同化する。ゾンビ化の魔法が解けたことにより、今までせき止められていた時が一気に流れたのだ。

シャロは彼女だった砂を複雑な表情で握りしめた後、右の手の平を開く。するとそこに光り輝く紋章が現れる。勇者の一族の家紋である花弁の形をしたその紋章は、『桃色』に光り輝く。彼女にその紋章があることは、友人はもちろんルイシャですら知らない。

「あなたの遺志は私が受け継ぐわ……四代目勇者である私がね」

◇　◇　◇

一方アイリスたちは魔封石《まふうせき》のゴーレムに苦戦を強いられていた。

アイリスとシオンは魔法攻撃が主体であるためカザハがメインのアタッカーとして攻撃していたのだが、相手の体は虫の牙や甲殻よりも数段硬くダメージを与えられないでいた。

「――――はぁっ!!」

それでもアイリスは隙を見つけては鋭い蹴りを打ち込む。しかし彼女の渾身《こんしん》の攻撃も僅かにゴーレムの動きを止めることしか出来ず、ダメージを与えるには至らなかった。

次第に彼女の顔に焦りが見え始め慎重だった攻撃も段々荒くなる。そして気づけば深追いをするようになってしまっていた。

それに気づいたゴーレムは自分の足元をウロチョロするアイリスめがけ、避けられぬタイミングで拳を振り下ろす。

「しまっ……!!」

迫り来る拳に気づいたアイリスは慌てて回避行動に移るが、怪我《けが》をした足が痛み全力で走ることが出来ないため射程圏内から抜け出すことが出来なかった。

もはやこれまで。そう観念したアイリスは自分を襲うであろう衝撃を覚悟し目を瞑《つぶ》る。

そして次の瞬間、自分の体をバラバラにするほどの衝撃が襲って…………こなかった。

「……へ？」

恐る恐る目を開けるアイリス。するとそこには驚きの光景が広がっていた。

なんとゴーレムの拳がアイリスにぶつかる寸前で止まっていたのだ。

「な、なぜ？」

突然のことに混乱するアイリス。

ゴーレムは依然活動を続けており、その瞳はいまだに赤く爛々《らんらん》と輝いている。

いったい何が起きたのかとゴーレムを観察すると、その足元に何かを発見する。

「あれは……？」

ゴーレムの足には何やらネバネバしたスライムのような物が大量にへばり付いていた。

それがゴーレムの歩行を阻害し、アイリスへの攻撃を阻止してくれていたのだ。

謎の物体に首を傾《かし》げるアイリス。そんな彼女のもとにジャッカルの三人がドタドタ走りながら近づいてくる。

「無事か嬢ちゃん!?」

「え、ええ。はい」

彼らの存在をすっかり忘れていたアイリスは彼らの急な登場に驚き素のリアクションで返してしまう。彼らはアイリスに大きな怪我がないのを確認すると「よかった！　なんとか間に合ったみたいだな」と喜ぶ。

そんな彼らの手には見覚えのない色々な道具が握られていた。どれもアイリスの見たことのない物だった。

「まさかあのネバネバはあなたたちが？」

そう聞くとマクスは待ってましたとばかりに胸を張り、手に持った道具の説明を始める。

「おうよ！　これは冒険者なら一回は使ったことある『ネバネバボム』だ。効果時間は数分だが強い魔物でも足止め出来る優れモンだ！　他にも道具は色々あるぜ！」

そう言ってマクスは背負ったリュックサックを下ろし、その中から様々な道具を見せびらかす。

ロープのような物に、液体が入った小瓶、ナイフやランタン、他にも用途不明な物など様々、それらは全て冒険者組合が販売しているものであり、冒険者なら多かれ少なかれそれらの道具を持っている。

弱小冒険者の彼らの使う道具は安価な代物がほとんど。なので殺傷能力は低いが、その代わり面白い効果を持っている物が多い。戦闘能力が低いジャッカルの面々はそれをカバーするためにたくさん道具を持ち歩いているのだ。

「ささ、これを飲んでください」

そう言ってマールはアイリスに緑色の液体が入った小瓶を渡す。いわゆる回復液である。

そしてさらに包帯をマクスのリュックから取り出すと回復液を染み込ませ、アイリスの足に巻きつける。

中と外どちらからも回復したアイリスの足の痛みは落ち着き、立ち上がっても痛みを感じなくなる。彼女が回復した様子を見てマールは笑みを見せる。

「よかった、回復したみたいですね」

「あの、これ……」

「あ、包帯キツかったら言ってね？ 男連中はしょっちゅう手当てしてるから慣れてるんだけど女の子にやるのは慣れてないから！」

「いやそうではなく……」

マールたちの優しさにアイリスは戸惑う。最初は自分たちが助かるためだけに助けてくれたのだと思ったが、彼らの態度からそのような打算めいたものは感じなかった。

アイリスは長い間人間たちに紛れて暮らしてきた。なので人間の嫌な部分もたくさん見てきたのでそのような感情には敏感なのだ。彼らから感じる雰囲気はそんな嫌な連中とは違う、近いのは……そう、彼女が唯一心を許し、慕う、彼とそのクラスメイトたちによく似ていた。

「傷の手当て、ありがとうございます。しかしなぜここにいるのですか？ 逃げる方が賢明だと思いますよ」

素直になる方法を知らない彼女は思わずそう冷たい言葉を吐いてしまう。本当は彼らを思いやっての言葉なのだが恥ずかしさとプライドが邪魔をしてこのような言い回しになってしまうのだ。

なので今まで彼女のキツい言い回しに周りが辟易《へきえき》してしまって、同族以外の親しい友人は出来なかった。

しかし今回の相手は冷たい言動など気にしない、雑草根性のあるメンバーだった。

「確かに嬢ちゃんの言う通りだ。俺たちゃ弱い、逃げた方がいいに決まってる」

「……へ？」

馬鹿にされ、怒るのではなくどこか楽しそうに自虐するマクスを見てアイリスは驚く。

「事実今までなら一目散に逃げ出してすみっこで縮こまっていただろうよ。でも、あんたとこの坊主を見てたら思っちまったんだ。『このままでいいのか』ってな」

マクスは思い返す。圧倒的な行動力と実力でガンガンとダンジョンを攻略していく不思議な少年の姿を。その姿はかつてマクスが夢想した理想の冒険者像そのものだった。

今さら頑張ったところであなれないのは分かっている。でも、でも少しでも近づけるのならば、頑張ってみる価値はあるのかもしれない。命を賭ける価値があるのかもしれない。

彼らはそう思ったのだ。

「悪《わり》いが嫌って言われても手を出させて貰《もら》うぜ嬢ちゃん。雑兵の意地、見せてやろうぜてめえら！」

「「了解リーダー！」」

マクスの号令と共にジームとマールがそれぞれシオンとカザハのもとに走り出す。

二人の怪しい動きに気づいたゴーレムは彼らを排除せんと動こうとするが体についたネバネバが邪魔をして上手《うま》く歩くことが出来ない。

力では突破出来ないと判断したゴーレムは次の手段に出る。足元のネバネバに両の手の平を向けると、なんと手の平の中央部に穴が開きそこから炎を噴射しネバネバを全て焼いてしまう。

「げえ！　あんなことが出来んのかよ！」

ネバネバから解放されたゴーレムは走るジャッカルの二人に火炎放射器つきの両手を向ける。

「「いっ!!」」

狙われていることに気づいた二人はギョッとする。手持ちの魔道具にさっきの火炎放射を防げるような代物はない。軽く炎で撫《な》でられただけで消し炭になってしまうだろう。

そんな状況においてもマクスは慌てていなかった。この窮地に彼は最も信頼を置く、とっておきの武器を取り出した。

「頼むぜ相棒……！」

　そう言って取り出したのはパチンコだった。

　三十センチほどの大きさの、なんの変哲もないただのパチンコだ。丈夫そうな作りではあるが別段強力な魔法効果が付与されているようには見えない。

「え、それで戦うつもりなんですかっ⁉」

　得意げにパチンコを握りしめるマクスを見て、さすがのアイリスもツッコミを入れる。

「まあ見ててくれよ嬢ちゃん。こう見えてもこいつには何度も救われてんだ」

　マクスはギリリ……！　と力の限りパチンコのゴムを引き、ゴーレムの頭部めがけて玉を発射する。結構な速度で発射されたその玉は見事ゴーレムの頭部に命中すると、ボフン‼　と音を立てて爆発し大きな白い煙を発生させる。

「冒険者組合謹製の超強力煙玉《スモークボール》だ。いかに奴《やつ》が強かろうと目が見えなきゃ攻撃は当たらねえ！」

　視界を煙で覆われたゴーレムは目標を見失い、見当違いのところに火を放つ。

　その隙にジームとマールはカザハとシオンのところに辿《たど》り着き、二人に回復薬《ポーション》を渡すことに成功する。

「おおきに～！　助かったで！」

「ありがとうございます、まさかあなたたちに助けられるとはね」

そのおかげで消耗していたカザハとシオンの体力と魔力が回復する。それほど高価なものではないため全快とまではいかないが、飲む前よりだいぶマシになったと言えるだろう。

「これでめでたしめでたし……ってわけにはいかねえよな……」

煙を全て払ったゴーレムは、赤く光る目をマクスに向ける。どうやら先程の煙玉のせいで怒らせてしまったようだ。第一目標と定めたマクスに向かってゴーレムは走り始める。

「や、やってやらあ！　かかってきやがれ！」

大きな地響きを鳴らしながら接近してくるゴーレム。マクスは逃げ出したくなる気持ちを押し殺しパチンコを構える。

外せば死という状況、普段の彼なら怯《おび》えてロクに動けなくなっていただろう。しかし今は違う。彼の心は、体は熱く燃えていた。その熱が彼の集中力を高め、指の震えを解きほぐす。

「いくぜ！　滑油玉《スリップボール》！」

マクスが打ったのは冒険者組合が開発した尋常じゃないほどよく滑る特別な油が入った玉だ。

ゴーレムの足元に打ち込まれたそれは、着弾と共に破裂し地面に油をぶちまける。その地面を踏んだゴーレムは足を勢いよく滑らせてしまいその場に膝をつく。

「ビンゴ！　どんどんいくぜ！」

その後マクスは玉を変え、今度は黒い玉を次々と発射しゴーレムにぶつけていく。

その玉はぶつかると割れて中から黒い液体を撒《ま》き散らす。

「よっしゃ手伝うぜリーダー！」

「わ、私も！」

マクスに加勢し仲間の二人もゴーレムに向かって何かを投げつける。二人の投げているのは黒い液体の入った瓶だった。ゴーレムに当たった瓶は破裂し中身の液体がゴーレムの体を黒く染め上げていく。ツンとした刺激臭のするその液体はマクスが打ち出した黒い玉の中に入っているものと同じもののようだ。

「よっしゃそろそろいいか！　頼むぞマール！」

「任せて！　火炎の魔矢《ファイ・アロウ》！」

マールの杖《つえ》から放たれた火を纏《まと》った矢がゴーレムにぶつかる。魔封石《まふうせき》にぶつかった矢はすぐに砕けてしまうのだが、その瞬間ゴーレムの体に染み込んだ黒い液体が一瞬で燃え上がる。

「へへ、油断しやがって」

先ほどジャッカルの面々がぶつけた黒い液体の正体、それは冒険者組合謹製の特別な『油』だ。

主に植物性の魔物との戦いに使われるこれは普通の油よりも数段燃えやすく、一度火がついたら水をかけても中々消えることはない。

この量の油を使えばB級モンスターでも深手を負う。いくら頑丈な体を持つゴーレムでもタダでは済まないと踏むマクスだが、その希望は容易《たやす》く打ち砕かれる。

「おいおい、冗談キツいぜ……」

なんとゴーレムはその体を火に包みながらも悠然と立ち上がった。

依然炎は激しく燃え盛っているが、ゴーレムの体の表面をわずかに焦がすだけでそれ以上のダメージは与えられなかった。それほどまでにその体は炎に対して耐性を持っていた。

「そんな、いったいどうすりゃいいんだよ……」

渾身《こんしん》の攻撃が時間稼ぎ程度にしかならなかったマクスは、呆然《ぼうぜん》と立ち尽くしてしまう。

ゴーレムは戦意を喪失したマクスに狙いをつけ、拳を放つ。

「「危ない!!」」

リーダーの危機を察知した二人が助けに入ろうと駆け出すが、とても間に合わない。

もはやこれまで。死を覚悟するマクスだが、絶体絶命の彼のもとに思わぬ人物が駆けつける。

「上位鮮血十字槍《ハイ・ブラドロス・スピア》!!」

突如現れた巨大な槍《やり》がゴーレムの拳に激しい音を立てて衝突する。魔封石の効果でそれはすぐに砕け散ってしまうが拳の勢いを抑えることに成功する。その僅かな隙を縫ってア

イリスはマクスの襟を摑《つか》み、全速力で安全圏まで逃げる。

目標を失ったゴーレムの拳は空を切り地面を打つと部屋全体が強く揺れ、砕かれた床の破片が散らばる。

「な、なんとか助かった……」

九死に一生を得たマクスは足に力が入らなくなり逃げた先にへたりこむ。すると彼を運んだアイリスも同様にその場にしゃがみ込んでしまう。

「……っ」

「お、おい嬢ちゃん、その腕怪我《けが》してんじゃねえか！」

砕けた床板が当たったのか彼女の右腕に切り傷が出来ており、真っ赤な血が地面に滴り落ちていた。

「おいおい大丈夫か!? 今治療してやるから待ってろ!!」

「……心配には及びません。そう何度も世話にはなりません」

そう言ってアイリスは自分の腕に意識を集中させる。すると傷口の血が瞬く間に凝固していく。吸血鬼は『血』を操る特殊な能力を持っている。その能力を使えば血を固めて流血を止めることなど造作もない。

「お、おお確かに大丈夫そうだな。だがあまり無茶すんなよ。回復薬ならまだ少しだけあるから遠慮なく言ってくれ」

「ええ、その時はお言葉に甘えます」

まるで仲間同士のような会話をしながらアイリスはカザハの言葉を思い返す。

『ウチがなんであんたを助けたか、そんなもんあんたもよう分かっとるはずやで』

今ならあの時の言葉の意味が分かる。

マクスの命に危険が迫った時彼女の体は衝動的に動いた。戦力を落とさないため、ルイシャに失望されないため、目の前で死なれるのは気持ちがよくないから。後から理由をつけることはいくらでも出来る。

でもマクスを助けた時、アイリスは何も考えていなかった。

気づいたら体が動いていた。気づいたら彼を命懸けで助けていた。その行為に理由なんていらなかった。

「人が人を助けるのに理由なんていらない、これが答えですよね」

彼女は元来優しい性格の持ち主である。しかし幼少の頃から魔王を捜すという不可能に限りなく近い任務についていたため、いつの間にかその優しい性格に蓋をしていた。

しかしルイシャと、クラスメイトと過ごす時間は彼女の蓋をほんの少し開いた。過ごした時間は僅か、それでも普通の女の子の時間に戻れたその時間は彼女に優しさを思い出させるまでに至った。

「不思議ですね。一人で戦っていた時よりも力が、心が沸いてきます……ルイシャ様もこのような気持ちだったのでしょうか」

ここにいない主人の姿を頭に思い浮かべ、彼女は再びゴーレムに向き合う。

命を賭して戦うことを決意した鋭い目。その瞳に苛立《いらだ》ったのかゴーレムは勢いよく彼女に近づき拳を放つ。

己を容易く屠《ほふ》るその攻撃を、アイリスは軽やかに宙を舞って回避する。その動きに迷いも硬さも一切ない。まるで踊っているかのように美しく攻撃を躱《かわ》していく彼女にマクスは釘付《くぎづ》けになってしまう。

「さて、次はこっちの番です……！」

大振りの攻撃を回避した彼女はその隙をついて接近し攻撃を始める。狙うのは赤く光る瞳だ。マクスの煙玉の効果があったことから視力に頼っているのは明白。なので硬いボディに攻撃するのはやめて防御力の薄いと思われる瞳を狙ったのだ。

「中位鮮血魔剣《ミド・ブラソドル》!!」

ゴーレムの腕の上を駆けながらアイリスは自らの血で剣を作り出す。細くて硬い、貫通力の高いレイピアの形をした剣だ。彼女は体に残った僅かな力を握力に回し、両手でその剣をしっかり握りしめ前に突き出す。

「これで……どうだぁっ!!」

彼女らしからぬ力強い叫びと共に射出された赤い剣は寸分違わずゴーレムの瞳に命中し、それを木っ端微塵《こばみじん》に砕く。瞳の破片は地面に落ちていきその効果を完全に失う。

『────!!』

瞳を砕かれたことにより今まで一回も声を発しなかったゴーレムが苦悶《くもん》の雄叫《おたけ》びを上げる。体の隙間から蒸気が噴出しその痛みを、怒りをアイリスたちに伝える。

接近しているのはマズい、そう感じたアイリスは距離を取ろうとするがそれよりも速くゴーレムの腕が動き彼女を地面に叩《たた》きつけようとする。

「しまっ……！」

「あぶねえ嬢ちゃん！」

それに気づいたマクスは素早く滑油玉を装塡《そうてん》し足元に発射する。そのおかげでゴーレムの足は滑り拳の軌道はズレるがアイリスの体を僅かながら擦《かす》ってしまう。

「────ッ！」

直撃こそ免れたがその拳をくらってしまったアイリスは宙を舞い地面に勢いよく体を打ちつけてしまう。外傷は治せる彼女だがダメージをなかったことに出来るわけではない。その一撃で残りの体力が底を突いた彼女は体を起こすのが限界で立ち上がることが出来なくなってしまった。

「お、おい大丈夫か!?　ほら早く回復薬を飲め！」

急ぎ近づいてきたマクスがアイリスに回復薬を飲ませる。そのおかげで少し楽になるアイリスだが立ち上がるほどは回復出来なかった。回復薬にも限界はある。万能な薬などないのだ。

「くそ、くそ……！」

片目を失いながらもしっかりとした足取りで向かってくるゴーレムを見て、マクスは悔しそうに呟《つぶや》く。

仲間の四人が必死に攻撃をして気を逸《そ》らそうとするが、ゴーレムの隻眼はアイリスを捉えて離さない。完全にロックオンしているようだ。

「ごめんよ嬢ちゃん、役に立てなかったみたいだ……」

弱気になるマクスめがけて再びゴーレムは拳を振り上げる。

役に立ちそうな玉が底を突き、人一人抱えて走る力もないマクスは万策尽きて項垂《うなだ》れる。

するとそんな彼にアイリスは意外な言葉を投げかける。

「……そんなことありません、あなたのおかげで私は助かります」

「へ？　どういうことだ？」

「忘れましたか？　私たちには――――あの方がついています」

ゴーレムの拳が二人を押し潰すその刹那、突如地面が盛り上がりそこから何かが勢いよく出てくる。それはゴーレムの拳を弾《はじ》き飛ばし、その衝撃にゴーレムは後ろによろけ尻餅をつく。

「な、なんだありゃあ!?」

突然の出来事に驚くマクス。同様に彼の仲間である二人も目を丸くして驚く。そんな彼らとは対照的にアイリス、カザハ、シオンは穏やかな笑みを浮かべる。三人とも信じていたのだ――彼が来ることを。

「くく、ほんといいとこ持っていくわ。狙ってたんとちゃうやろか」

「本当にね。美味《おい》しいところを持っていってくれるよ」

「お待ちしておりました、よくぞご無事で……！」

三人の言葉を受けながら彼――ルイシャは地面に降り立つ。

「お待たせみんな、後は任せて」

まるでお伽話《とぎばなし》に出てくる勇者のようにそう宣言した彼の勇姿は、マクスの一生の宝物になった。

◇　◇　◇

「石のゴーレムか……材質はなんだろう。アイリスたちが戦って全然傷ついてないところを見ると相当硬いみたいだね」

ルイシャはゴーレムを観察しながら猛スピードで接近する。

ルイシャのことを自らの拳を弾き飛ばした危険人物と認定したゴーレムは、ドンピシャのタイミングで右の拳を振るいルイシャを迎え撃つ。自分の身長よりも大きな拳が向かってくるがルイシャは逃げずまっすぐに駆け抜けていく。その様子を見たマクスは驚きの声を上げる。

「む、無茶だ！　避けてくれっ！」

ゴーレムの強さをよく知っている彼は無茶なルイシャを必死に呼び止めるが、全然聞く耳を持たなかった。

猛スピードで動く両者は真っ正面から激突するように見えたが、衝突する寸前ルイシャは身を翻し左方向に回避する。そしてゴーレムの右手を両手で摑み力を込める。

「気功術、守式六ノ型『柳流《りゅうりゅう》・巨竜崩し』！」

ルイシャがゴーレムの手首を捻《ひね》ると、その巨体はまるで一本背負いされたように浮き上がり地面に叩きつけられる。投げ技は相手が重ければ重いほど威力を増す。地面に打ちつけられたゴーレムの体にはその衝撃に耐えきれず大きな亀裂が走る。

「『戦いは大きい方が勝つんじゃない、小兵には小兵の戦い方がある』リオはよくそう言ってた。だから僕は負けない！」

相手の運動エネルギーと気功を利用し体勢を崩す気功術『柳流』。その技を更に磨き上げ巨大な竜をも投げ飛ばしてしまうほどにまで仕上げたのがこの技だ。

この技に重要なのは筋力でなく、優れた洞察力と卓越した技術。魔法が使えなかった古き時代のヒト族は、この技を用いて巨大なモンスターと渡り合ったと言われている。

そんな技術寄りの技なのだが、第三者から見たらゴーレムを腕力でねじ伏せたようにしか見えない。小さい体でそんなことをしたルイシャの姿にジャッカルの三人は大口を開けて放心する。

「す、すげえ。ここまでとは……」

しかし彼の攻撃はそれだけに止《とど》まらない。

彼はゴーレムが地面に伏している隙に『魔法解析《マギ・ライズ》』を発動しゴーレムの解析を試みる。

その体は魔封石《まふうせき》で出来ているため魔法は弾かれ失敗するのだが、そのおかげでルイシャはゴーレムの体が何で出来ているのか理解するに至る。

「なるほど魔封石だったんだ。それならみんなが苦戦するのも納得だ。それならあの技で決める！」

ルイシャは耳飾りに魔力を込め、師匠から貰《もら》った黄金の剣『竜王剣』を出現させる。黄金色に輝くその剣を両手でしっかりと握りしめたルイシャは起き上がったゴーレムをしっかりと見据え、剣を自身の横に構え走り出す。

そしていまだ足元がおぼつかないゴーレムのもとに跳び上がり……必殺の一撃を繰り出

す。

「────次元斬っ！」

それは次元をも斬り裂く必殺の一撃。

相手の防御力を無視する効果を持つその斬撃はゴーレムの頑丈な体を容易《たやす》く斬り裂き、両断する。

『────!!』

上半身と下半身に分かれたゴーレムは声にならない声を出しながら地面に崩れ落ちる。その瞳からは光は失われ、体はピクリとも動かなくなる。どうやら完全に機能が停止したようだ。

それを確認したルイシャは、目の前の光景を受け止めきれず口をあんぐりと開け放心しているジャッカルの面々のもとに近づく。

「大丈夫ですか？　お怪我《けが》はありませんでしたか？」

ピンチの時に颯爽《さっそう》と現れ一撃で怪物を倒してのけたルイシャ。その姿はマクスたちの目にはまるで本物の英雄のように見えた。すっかりルイシャのことを英雄視した彼らは感極まり涙を流しながらルイシャに縋《すが》りつく。

「し、少年……いや……兄貴！　兄貴と呼ばせてください!!」

「お、俺も！」

「ちょ、私だって！」

「えぇ!?　なんで泣いてるんですか!?　ていうか涙が！　よだれがついちゃうんで離してください!!」

「じゃあ俺たちを舎弟だと認めてください兄貴！」

「「そーだそーだ!!」」

「なんで脅されてるの!?」

困惑するルイシャにお構いなくマクスたちは兄貴コールを始める。やめるよう言うルイシャだったが、最終的には彼らの熱烈なラブコールに押され、やがて折れる。

「はあ……分かりました。それでいいですよもう」

「「「ありがとうございます兄貴!!」」」

嬉《うれ》しそうにそう返事をする三人を見てルイシャはやれやれと首を振る。

「はは、ルイシャはんは変な人に好かれる星のもとに生まれたみたいやな。賑《にぎ》やかなやっちゃで」

「そうだね、君といると退屈しないよ」

そう言いながらカザハとシオンが近づいてくる。二人とも体のあちこちに傷があり疲れ切った様子だ。

「カザハ、シオンさん、お待たせしました。二人とも無事でよかったです」

「労《ねぎら》うならその子を労ってやるんやな。今回一番頑張ってたんはその子やからな」

そう言ってカザハが指差した先、そこにはアイリスがいた。綺麗《きれい》な金髪は乱れ、白く透き通った肌は至る所が傷ついている。一目見ただけでどれほどの激戦を繰り広げたのかが分かる。

「信じてましたルイシャ様、必ず来てくださると」

「アイリス……」

ルイシャは満身創痍《まんしんそうい》の彼女に近づくと、その右手を両手で強く握り彼女の目をまっすぐ見つめる。その熱のこもった視線を正面から受けたアイリスは胸が跳ね顔が熱くなるのを感じる。

「僕も信じてたよ、アイリスならみんなを守ってくれるって。本当にありがとう」

信じてた。その言葉はすうとアイリスの胸に沁《し》み込み心が熱くなる。しかしその言葉を素直に受け取れない自分がいることに気づいた彼女はルイシャに問う。

「どうして、どうして私を信じてくださったのですか？　まだ私と知り合って間もないというのに」

「へ？　不思議なことを聞くねアイリスは。そんなの決まってるじゃないか」

可笑《おか》しそうに笑ったルイシャは、当然といった感じでこう言った。

「誰かが誰かを信じるのに理由なんていらないでしょ？」

◇　◇　◇

遺跡の案内人と別れたシャロがルイシャの開けた穴を通りドーム状の部屋に戻ると、ちょうど全員が傷の手当てをし一息ついたところだった。

「あ、おかえりシャロ」

「ええ。どうやらこっちも片付いたようね、ルイもお疲れ」

荒れ果てた部屋と真っ二つになったゴーレムを見てだいたいの事情を察するシャロ。それよりも気になったのはルイシャにまとわり付くジャッカルの三人だった。

「あんたも変なのばっかに好かれるわね」

「はは、カザハにも言われたよ」

あながち否定出来ないルイシャは乾いた笑い声を出す。

危機も去り気の緩む一同。しかしそんな彼らを急《せ》かすかのように異常事態が起こる。

「ん？　なんか揺れとらんか？」

カザハの声に反応した一同が地面に手を置いてみると、確かに微《かす》かな揺れを感じ取る。

最初は微弱に感じられた揺れだが、それは次第に大きくなっていきやがて立つのもやっとな程の大きな揺れになる。

「な、何が起きてるの？」

「ダンジョンが崩れてんだ！　このままだと生き埋めになっちまうぞ！」

生き埋め。マクスのその言葉に一同に緊張が走る。現在ルイシャたちがいるのは地中深く。もし頭上の岩や土が全て落下してきたら全滅は免れないだろう。

絶体絶命の状況、しかしルイシャはまだ生きるのを諦めていなかった。

「マクスさん、ダンジョンが崩れるのを見たことはありますか？」

「はい、何度か。ダンジョンってのは攻略すると普通の場所に戻っちまうんです。なので特殊な造りのダンジョンは崩れることも珍しくない。でも普通は攻略者用の脱出経路が残されているはずなんですが……なぜか今回は見当たらない……！」

マクスは知る由もないが、ここは勇者の秘密を守るために造られたダンジョン。なのでこのダンジョンを造った者は用心に用心を重ねて侵入者対策をしていた。

それがゴーレムとダンジョン崩壊の罠《わな》だ。もしゴーレムが負けてしまったらダンジョンもろとも生き埋めにする二重の罠になっているのだ。

資格のある者は壁画の部屋に置かれている転移装置で地上に戻ることになっていたのだが、それを教える役割を持っていたゾンビの女性は、そのことをすっかり忘れてしまっていた。

絶体絶命の事態に焦りを見せる一同。必死に頭を捻ったカザハは藁《わら》にもすがる気持ちでマクスに尋ねる。

「マクスはん！　なんかええアイテムはないんか!?　このままじゃ雁首揃《がんくびそろ》えてお陀仏《だぶつ》やで!?」

「うーん……あることにはあるんだが……」

そう言ってマクスが取り出したのは五センチほどの赤く光る石だった。

「これは『転移魔石』っつう魔道具だ。魔力を込めると使用者を建物の外に強制的に転移してくる効果があるんだ」

「なんやええのがあるやん！　はよそれで帰ろうや!!」

思わぬ魔道具の出現に喜ぶルイシャたち。

しかしなぜかジャッカルの三人は浮かない表情だった。

「どうしたの？　早くこれで脱出しようよ」

「……すまねえ兄貴。この魔道具で一度に転移出来る人数は一人。だがこの魔石は使い捨てな上に三個しか手元にないんだ」

ここにいる人数は八、だが抜け出せるのは三人。どうしても五人は生き埋めになってしまう。

マクスは苦しそうな表情を浮かべた後仲間の方を向く。

「いいか、お前ら？」

マクスのその言葉の意味を察したジームとマールは覚悟を決めた顔で頷《うなず》く。それを見たマクスは短く「ありがとう」と言うと三個の転移魔石をルイシャの手に握らせる。

「俺たちはいい。兄貴たちで三人決めてくれ」

マクスの覚悟を決めたその言葉にルイシャは戸惑う。

「いや、これは受け取れないよ！」

「そこをなんとか受け取っていただけねえだろうか兄貴。今まで人の足を引っ張ってばっかだった俺たちが今日この日まで生きてこられたのはきっとこの日のためだと思うんです」

その言葉にジームとマールも頷く。

「俺たちがそれを使ったらこの先ずっと後悔しちまうでしょう。あんたたちが助かってくれるなら俺たちの命くらい安いもんです。だってあなたたちは俺たちと違って誰かを助けられる人だから」

そう自分にも言い聞かせるように喋《しゃべ》るマクスの声は僅かに震えていた。言った言葉は嘘《うそ》ではないが死への恐怖がないわけではない。自分の命づなを渡す行為に恐怖がないわけがない。

「だから、受け取って貰えないでしょうか？」

マクスの気持ちをしっかりと受け取ったルイシャは思考する。何が正しいか、何が一番後悔しない選択か。

『いいルイくん、今のあなたに出来ないことなんてないわ。困った時はあなたが学んだことを全て思い出すの。そうすればきっと活路は見つかるわ』

その言葉は無限牢獄《ろうごく》で魔王テスタロッサに言われた言葉だった。外に出るのが不安だと漏らしてしまったルイシャを彼女はそう優しく慰めてくれたのだ。

「僕が……学んだこと」

思い返す。無限牢獄で、魔法学園で、外の世界で学んだことを。

自分の中にある知識、魔法、全ての技術を頭の中に並べルイシャは深い思考の海に潜る。

この海の中に答えはあると信じて。

「ルイシャさま……？」

転移魔石を握ったまま黙り込むルイシャをアイリスは心配する。今この瞬間にもダンジョンは崩れ続けている。こうなったらルイシャだけでも魔道具で逃がすべきだろうか。

アイリスがそう考えた瞬間ルイシャは動き出す。

「アイリス、これ持ってて」

「へ？」

投げ渡された転移魔石をアイリスはキャッチする。その数は三本、ルイシャは全ての転移魔石を彼女に投げ渡したことになる。

「兄貴！　お願いですから使ってください！」

「ごめんねマクスさん、僕は欲張りなんだ。友達はもちろん、僕はあなたたちにも死んでほしくないんです」

「な……っ！」

その言葉にマクスたちは顔を赤らめる。

「そ、それは嬉しいですがじゃあどうするってんですか！　ここから逃げ出す方法なんて他には……」

「逃げる必要はありません。堂々と帰りましょう」

そう言ってルイシャは開いた右手を天井に向けて掲げ、魔力を練り始める。

「ま、まさか天井をぶち抜くつもりですか？　いくらなんでもそれは無茶です！　ここはかなり深い地下ですよ！」

「不安は分かります。でも今は僕を信じてくれませんか？」

「ぐっ……！」

信じてください。そう言われたらマクスも引き下がらざるを得ない。

一同が固唾を呑《の》んで見守る中、ルイシャは魔法を構築していく。

「きれい……」

思わずシャロがそう漏らしてしまうほどルイシャの作る魔法は美しかった。彼の全身から外に溢《あふ》れ出た黄金色の魔力が掲げた右手に収束していき黄金色の球体を作り出す。

初めて見るその芸術的な魔法にみんなが目を奪われる中、アイリスは一人手で口を覆い涙を流していた。

「その魔法は――――！」

彼女はその魔法を知っていた。

なぜならその魔法は最も尊敬する偉大な王のものなのだから。

「魔煌閃《サタンズ・レイ》ッッ!!」

ルイシャの右手から放たれた黄金色をした光の束は天井にぶつかる。するとその瞬間ぶつかった箇所が消滅するではないか。

「うおおおおおおおおっっっ!!」

咆哮《ほうこう》に比例するように光は太くなっていき、最終的にドームの天井全てを覆い尽くす。

そして光が収まると、天井にはぽっかりと巨大な穴が地上まで空いていた。

「な、なんて威力の魔法なんだ。こんな分厚い岩盤をぶち抜いちまうなんて……！」

常識はずれの魔法の威力にマクスだけでなく他の者たちも驚愕《きようがく》し言葉を失う。一見するとルイシャの魔法は超高威力の魔法に見えるが実はそうではない。その事実に気がついたのは一度魔法を見たことがあるアイリスだけだった。

（あの魔法は間違いなく魔王様のもの。その効果はあらゆる魔法の無力化……なるほど、ダンジョンは魔法の力で造られているから魔煌閃が効いたということですね……！）

アイリスの読みは正しい。ダンジョンが魔法の力で造られたものだということに気づいたルイシャは一《いち》か八《ばち》か魔法の無力化効果を持つ魔煌閃を放った。彼の賭けは成功し硬い岩盤は光の粒子となって消え逃げ道を作ることが出来た。もう少し判断が遅ければダンジョンは完全に魔法の効果を失いただの岩となった天井が降り注いでいただろう。

「後は、よろしく……！」

そう言い残しその場に倒れ込むルイシャをアイリスが優しく受け止める。彼女は魔力を使い果たしてしまった主人の寝顔を愛《いと》おしそうに見つめ「お疲れ様でした」と小さく呟《つぶや》き頭を撫《な》でると、一瞬で気持ちを切り替え真剣な表情でカザハの方に顔を向ける。

「逃げ道は出来ました！　何か飛べる手段はありますか！」

「くく、いい顔するようになったやないかアイリスはん。後はウチに任しとき、出血大サービスで安く上までお届けしたるわ」

次の瞬間彼女の服が膨れ上がり、服の隙間から巨大な角が出現する。そしてそこから現れたのは巨大な体のカブトムシだった。体長は五メートルはあろうか、その体を覆う甲殻は白く煌《きら》めいておりまるでダイヤモンドのようだ。

この虫こそ彼女の虎の子『コンゴウカブト』。滅多に人前に姿を見せない超レア虫型モンスターだ。

「さあ行くでカブちゃん。みんなを持って地上に飛ぶんや！」

背中にご主人を乗せたカブちゃんは、その六本の太く強靭《きょうじん》な脚でルイシャたちを掴《つか》むと大きな翅《はね》を広げ飛び立つ。

その間にもダンジョンはどんどん崩れていき、飛び立って数十秒でルイシャたちのいた場所は瓦礫《がれき》で埋まってしまう。

「ふう、なんとかセーフやったな」

「生きた心地がしねえぜ……」

「ふふ、楽しかったね」

「あんたそれマジで言ってんの!?」

三者三様、およそ命からがら脱出したとは思えない騒がしさで彼らは地上に向かう。

こうして波乱のダンジョン探索は幕を下ろしたのだった。

◇　◇　◇

地上。ダンジョンの入り口があった遺跡から少し離れたところにルイシャたちはいた。

無事目を覚ましたルイシャと共に彼らは脱出の喜びを分かち合っていた。

「……ふう、ようやっと出られたなあ。いやあ流石《さすが》に疲れましたわ。いくら銭が絡んでてもあんな狭くて暗い所はしばらく堪忍してほしいわぁ」

「そうね。流石の私もくたくたよ。早く帰ってシャワー浴びたいわ、埃《ほこり》で髪が傷んじゃう」

「お、それならええシャンプーがあるでシャロはん、ちょっとお高いんやがここは友情価格で売ったるさかい」

「あんたって本当たくましいわね……」

激闘の後だというのにルイシャたちは割りと元気そうだった。

一方ジャッカルの三人はというと……。

「うおおおおっ!! そ、外だ!! 俺たち帰ってこられたんだ!!」

「俺たち、俺たち本当に生きて帰ってこられたんですねリーダー!」

「うえええぇぇぇん!! もう駄目かと思いましたー!!」

抱き合いながら号泣し、生きている喜びを噛《か》み締めていた。

そんな彼らにルイシャは近づいていく。

「話は聞きました。僕の友達を助けてくれたみたいですね。ありがとうございます」

自分がいない間に何があったかを聞いたルイシャは、ジャッカルの三人に頭を下げて礼を言う。

昔自分の力が弱かったからこそ、自分より強いものに立ち向かうことの困難さをルイシャはよく知っていた。なのでルイシャは彼らに本当に感謝し、そして尊敬した。

彼のまっすぐな感謝の言葉を受けてマクスたちは恥ずかしそうに頭を掻《か》く。

「へ、へへへ、やめてくださいよ兄貴。礼を言うのは俺たちの方ですぜ。兄貴のおかげで俺たちは忘れていた夢を思い出すことが出来ました。もし今日の出会いがなければ俺たちは腐ったままでしたでしょう」

そう語るマクスの目には確かに若き日に燃え盛っていた熱が込もっていた。そしてそれは仲間であるジームとマールにも宿っていた。

「だからありがとうございます。俺たちにまた夢を与えてくれて感謝します」

そう言って頭を下げる三人を見て、ルイシャは胸が熱くなる。

自分がうまくやれているかは分からない。でも今、目の前の人に大切なものを与えることが出来たことは分かる。まだまだ師匠たちのような立派な人にはほど遠いと思うけど、この先もたくさんの人に同じようなことが出来ればいいな、と思うのだった。

そんな感動ムードが流れる中、カザハは思い出したように「あ」と呟く。

「そ、そういやお宝がないやんか!!　なんのために入った思とんねん!!」

「……はあ、台無しねあんた」

◇　◇　◇

ダンジョンから脱出した一同は重い体を引きずりながら王都に帰還した。

「じゃ、俺たちはここで失礼するぜ兄貴」

王都に入って少し進むとマクスたちはそう切り出した。話によると彼らは冒険者組合の近くに住んでいるらしい。

「うん、ありがとうねマクス、ジーム、マール。また会おうね」

さん付けしないでくださいとお願いされたルイシャは呼び捨てで三人を呼ぶ。ちなみにそうするから『兄貴』呼びはやめてほしいと頼んだのだがそのお願いは却下されてしまった。残念。

「ええ、お呼びいただければ俺たちジャッカルはすぐ手を貸しますぜ兄貴。いつでも呼んでくださいね」

「うん、頼りにしてるよ」

ルイシャとマクスは固い握手を交わす。過ごした時間は短くとも、二人の間には確かに絆《きずな》のようなものが芽生えていた。

それは彼ら二人の間だけでなく、他の者たちも同じだった。

「姉御もまた会いましょうね、このジーム、すぐに駆けつけます」

「誰が姉御よ、変な呼び方しないでくれる?」

「アイリスちゃん。こ、今度私とお出かけしない？　あ、もちろん嫌だったらいいんだけどね！」

「善処しますよマールさん。いつでも誘ってくださいね」

「なんやみんなすっかり仲良うなっとるなあ」

「ふふ、友情とはかくも美しいね」

また会うことを約束した彼らは、惜しみつつも別れるのだった。

旅の中で生まれた奇妙な繋《つな》がり。出会ってまだ間もない彼らだが、長い付き合いになりそうだとルイシャは感じた。

「じゃ、この辺りでお別れだね。みんなお疲れ」

魔法学園の敷地内に入ったところでルイシャは一同にそう切り出す。男子寮と女子寮は結構離れており敷地内に入ってすぐ道が分かれているのだ。ちなみにシオンだけは寮ではなく貴族居住区の邸宅に住んでいるのでもう別れている。

「そういう訳にはいきません。お召し物も汚れてらっしゃいますし私が洗濯を……」

「はいはい、アイリスはんも泥だらけなんやから帰ろうなー」

こんな状況でもルイシャの世話を焼こうとする彼女を、カザハはずるずると引きずりながら女子寮へ連れていく。

「はは、二人ともすっかり仲良くなったみたいだね。よかったよかった」

「そうね。ま、私には相変わらずだけど」

「……そうだね」

ダンジョンを出た後、カザハやジャッカルと打ち解けた様子のアイリスだが依然シャロに対する態度は余所余所《よそよそ》しいものだった。尊敬するルイシャと仲がいいから……という理由では済まされない、『敵意』のようなものをシャロは感じていた。

その敵意の理由をルイシャはよく知っていた。しかしそれをシャロに言うことは出来なかった。

（アイリスが魔族だなんてとても言えないよね……しかも魔王のことを尊敬しているから勇者を恨んでいるなんて更に言えないよ……）

アイリスが魔族であるということをクラスメイトたちは知らない。勘の鋭い者も多いが、優れた魔力操作技術を持つ吸血鬼は翼と尻尾を隠すことが出来るため今のところ誰も彼女の正体には気づいていない。外見的特徴としてヒト族より耳が少し尖《とが》ってはいるのだが、亜人の血が混じっているヒト族にはそのような特徴を持つ者もままいる。この程度でバレることはないだろう。

アイリスはだいぶクラスに馴染《なじ》んできたと思うルイシャだが、まだその正体をみんなに明かすことは出来ないと考えていた。それほどまでに魔族とヒト族の溝は深く、根深い。二つの種族の境界は完全に分かたれ滅多な理由では行き来が出来ないほどだ。

それにシャロがアイリスの正体を知った時どう思うか、それが分からないうちは本当のことを話せなかった。

「ま、いいんだけどね。無理に仲良くなろうとも思わないし」

シャロはそう言い残すと自らも女子寮に向かって歩き出す。

「じゃあねルイ、温かくして寝るのよ」

「うん、シャロも風邪ひかないようにね」

一人寮に向かう彼女の背中が少し寂しげに見えたのは、彼の考えすぎだったのかどうかは彼女しか分からなかった。

◇　◇　◇

一人男子寮へ向かうルイシャ。ダンジョンにいる間に一日経《た》ってしまったので、彼は二日間動き通しということになる。いくら体力お化けの彼といえど流石に疲れたようで足取り重く歩いていた。

「明日は登校日だから早く寝よ。さすがに体がバキバキだ……」

誰に言うでもなくそう呟《つぶや》きながら寮に近づくと、その入り口に何者かが立っていた。その人物はルイシャに気がつくと物凄《ものすご》い勢いで駆け寄ってくるではないか、どうやらルイシャのことを待っていたらしい。

「ようやく帰ってきたな！　遅いではないか！」

「え!?　コジロウさん!?」

怒った様子で駆け寄ってきたのは臨時講師である剣将コジロウだった。まさかこんな所で彼と会うなど予想だにしていなかったルイシャは驚く。

「ど、どうしてここに？」

「どうしてもこうしてもない！　寮母殿が寮に帰ってきていないと申されていたので心配してたのだぞ、いったい何をしていたのだ!?」

鬼気迫る様子でコジロウはルイシャを問い詰める。どうやら本気でルイシャたちのことを心配していたようだ。彼の制止を振り切りダンジョンに行ったことを思い出したルイシャは胸を痛める。

「ご、ごめんなさい。でもほら、僕はピンピンしてるので大丈夫ですよ」

「そんなボロボロの状態を大丈夫とは言わぬ」

ルイシャは大きな怪我《けが》こそしてないが、体のあちこちに擦り傷が出来ていた。コジロウはそれが見逃せないらしく先を急ごうとするルイシャを引き止める。

「お主、拙者が渡した回復薬《ポーション》はもう使ったのか？」

「あ」

ダンジョンに向かう途中コジロウに回復薬を貰《もら》ったことを思い出したルイシャは、ポケットから回復薬の入った瓢簞《ひょうたん》を取り出す。

コジロウはそれをルイシャの手から奪い取ると、中に入っている緑色のドロドロした液体を自らの手につける。

「少し沁《し》みるぞ」

「へ？」

困惑するルイシャを無視し、コジロウはその緑色の液体をルイシャの傷に塗り込み始める。彼の宣言通りその回復薬はかなり傷口に沁みる。

「――――いだいっ!!」

「こら動くでない、ちゃんと処置せんと跡が残るぞ」

コジロウは暴れるルイシャを押さえつけ、傷口に回復薬を塗りたくっていく。普通の大人であればルイシャを押さえつけることなど出来ないが、コジロウは将紋《しょうもん》を持つ実力者だ。単純な身体能力であれば子どものルイシャを上回っている。

結局彼はルイシャのほぼ全身にそれを塗りたくると満足そうに頷《うなず》く。

「うむ、これでよい」

「うう、痛い……」

ズキズキする体をさすりながら立ち上がる。するとルイシャは自分の体が軽くなってい

ることに気づく。さっきまで全身に重くのしかかってきた疲労感がだいぶなくなっている。

「どうだ、拙者の薬はよく効くだろう？　後は湯に浸《つ》かり一晩寝れば明日には元気になっているだろう、子どもは回復が早いからな」

コジロウは慈愛に満ちた目を目の前の少年に向けながらそう言う。

「あ、ありがとうございます……」

「よい、子どもを救い導くのは大人の務め。当然のことをしたまでだ」

そう言い残すとコジロウは立ち上がりルイシャのもとを去っていく。本当に彼のことが心配で待っていただけらしい。まだ会って間もないというのになぜここまでしてくれるのか、ルイシャは不思議でならなかった。

「明日ちゃんとお礼しなくちゃ」

そう呟き彼は寮の中に入っていく。こうして彼の短くも濃厚な旅は幕を下ろしたのだった。

第三話 ―◆― 少年と侍とそれぞれの覚悟

ダンジョンから帰ってきた日の翌日。ルイシャはいつも通り朝日が登るのと同時に目を覚ました。

「う～～ん」

声を出しながらぐっと伸びをする。すっかり体の疲れは取れたようで伸びをしても体は悲鳴を上げない。コジロウのくれた薬の効果は本物のようだ。

「よし、今日も頑張るぞぉ！」

動きやすい格好に着替えたルイシャは寮から飛び出し外で筋トレを始める。一見するとただの腹筋や腕立て伏せなのだが、自らに重力魔法をかけその負荷を何倍にもしているため、その辛《つら》さは常人の想像を絶する。

「ふっ……ふっ……」

自分が耐えられる限界の負荷をかけているため、彼の息はすぐに上がり額に汗が滲《にじ》んでくる。しかしそれでもすぐにやめたりはしない。まだ朝だというのにルイシャは本当の限界まで鍛錬を続ける。

「もう……だめ」

十分に体を痛めつけたルイシャは草むらの上にドサリと横たわる。甘い痛みと心地よい疲労が体に広がる。彼はこの感覚が嫌いではなかった。

『クエ』

するとそんな彼のもとへ一羽の鳥が姿を現す。

光沢ある鮮やかな緑色の羽に包まれたその体は二メートルを超す巨体だ。つぶらで大きな瞳は人懐こさを感じさせる。事実その鳥は後頭部にぴょこんと生えた黄色い冠羽をルイシャにぐりぐりと押し付け甘えた声を出している。

「わわ、強いってパロム」

「クエッ！」

主人に名前を呼ばれワイズパロットのパロムは元気よく返事をする。

パロムは盗賊団に捕まり、このままでは売り飛ばされるところをルイシャに助けてもらった過去がある。その時からルイシャに懐いているパロムは、現在男子寮すぐそばの林に定住している。その愛嬌《あいきょう》と知能の高さから生徒たちの人気は高く、よく食べ物を貰っているため最近は少し太り気味だ。

そんなパロムは黄色い嘴《くちばし》に水筒を咥《くわ》えており、それを疲れ切ったルイシャへと渡す。

「いつもありがと、助かるよ」

水筒を受け取ったルイシャはその中に入った水をゴキュゴキュと一気に飲み干す。いつもこの時間鍛錬しているルイシャを見たパロムは自主的に湧き水を汲《く》みに行くようになり、ベストなタイミングで彼に渡しているのだ。

「いつもありがとうね、おかげで鍛錬が捗《はかど》るよ」

そう言って水筒を返すと、ルイシャは鍛錬を再開する。

そのストイックさにパロムは不安そうな顔をする。

彼の努力量は明らかに常軌を逸している。無限牢獄《ろうごく》を出てからも毎日欠かすことなく限界まで体をいじめ抜き、クラスメイトたちから未知の力を吸収し、更に勉学にも貪欲に励んでいる。

常人であれば廃人になりかねない努力量、度が過ぎれば身を滅ぼしかねないことをルイシャ自身も重々分かっていた。しかしそれでも彼には強くなりたい理由が出来ていた。以前のようにただ狂気的に強さを求めるわけではない、しっかりとした理由が。

「よし、もうひと頑張りだ！」

その理由のためにルイシャは今日も気合いを入れて鍛錬に励むのだった。

◇　◇　◇

その日の昼ごろ、いつものように屋外でコジロウの特別授業が始まる。すると彼は神妙な面持ちでこう切り出してきた。

「急で申し訳ないが、拙者の特別授業は今日で最後となる。短い間であったが楽しかったぞ」

その発言に生徒たちは「え――――！」と残念そうな声を上げる。二週間と短い時間ながらコジロウと彼らはすっかり仲良くなっていた。コジロウは面倒見がよく、教え方も的確で丁寧であったため曲者《くせもの》の生徒たちもすぐに心を開いた。

コジロウも自分を慕う彼らを可愛《かわい》く思っていたのだろう、その顔は暗く、重い。表情は硬く動きもどこかぎこちない。そんな彼の姿を見てルイシャは少し違和感を覚える。

「なあ！　じゃあ早速俺から教えてくれよ！」

稽古の一番手を名乗り出たバーンに続いて他の生徒たちもコジロウに詰め寄っていく。すると彼は嬉《うれ》しそうに、そしてどこか寂しそうに稽古をつけ始める。数分もするといつものコジロウに戻りビシビシと稽古をつけていた。

ルイシャは一抹の不安を感じながらも、コジロウのもとに行き稽古をつけてもらう。彼の稽古は剣技だけに収まらず、対剣士の戦い方や戦闘中の魔法構築の仕方など超実践的なものだ。

なので剣士でなくとも彼の授業は役に立つのだが、それでもやはり剣を使う者の方が得られるものは大きい。

「イブキ、君は握る力が入りすぎている。もう少し軽く握るといい」

「こうっすか？　でもこれじゃあ剣を落としちまうっすよ」

「攻撃する瞬間に強く握ればよい、大事なのは緩急。柔なき剣ほど脆《もろ》いものはない」

「わ、分かったっす。ちょっと練習してみるっす」

最初はコジロウを警戒していたイブキも彼のことを信用し始めたのか剣を教わるようになっていた。ルイシャの目から見てもイブキの構えはよくなってきていた。肩に入る力が抜けいい意味で脱力出来ている。短期間でこれだけ教えることが出来るのは大した指導能力だ。

「さて、それじゃあ次は……彼にしようか」

コジロウはユーリに目をつけると彼のもとへ近づく。

「王子殿、何か拙者が役立てることはあるでござろうか？」

「コジロウさん、実は私も武器術を覚えようと思ってるんです。ご教授頂けるでしょうか？」

ユーリが握っているのは先端に王冠の形を模した飾りがついた『杖《つえ》』だった。長さは一メートル半ほど、綺麗《きれい》な装飾が施されたそれは一見すると王子である彼によく似合った装飾用の杖に見える。しかし綺麗なのは見た目だけであり、その性能は戦闘に特化した戦《せん》杖《じょう》だった。

軽くて頑丈なミスリル合金を惜しみなく使っているだけでなく、その先端部分には世界で一番硬いと言われる伝説の金属『アダマンタイト』の粉末が練り込まれている。

イブキに守られてばかりではいけないと思ったユーリは身銭を切ってこの杖を作り、ある程度なら自分も戦えるようになろうとしていたのだ。

「ほう、杖術《じようじゆつ》であるか。それなら拙者も多少の覚えがある」

そう言ってコジロウは杖術の基礎をユーリに教えると、実践形式の特訓に移る。

「それでは今から軽く斬りかかる。先ほど教えたことを生かして防いでみるといい」

「わ、分かりました」

剣の達人に斬りかかられることに若干の恐怖を覚えながらも、それを承諾する。ユーリはしっかりと両手で杖を持ち、先端を前に傾ける。そして腰を少し低くしてしっかりとコジロウの目を見る。攻守共に隙の少ない構え、彼の高い身体能力を考慮すればそこら辺のごろつきでは手傷を負わせることも出来ないだろう。

「いい構え……それにいい顔をしている。実に、実に惜しいな」

「え？　何がですか？」

コジロウの謎の呟《つぶや》きに引っかかるユーリ。しかしコジロウはそれに答えることなく腰から長刀『式星《ものほし》』を抜き放つ。

その美しくも恐ろしい光り輝く刀身に、ユーリは緊張し杖を握る手に力が入る。

「それではいくぞ」

「……はい！」

覚悟を決めたユーリに向けてコジロウは剣を振るう。無駄のない綺麗な横薙《よこな》ぎの一閃《いっせん》。ユーリはその一撃をしっかりと見定めると、杖の先端を刀の軌道上に置きぶつかる瞬間にカチ上げる。

そのせいでコジロウの攻撃は軌道が上にずれる。ユーリは膝の力を抜いてその場にしゃがみ余裕を持ってその一撃を躱《かわ》す。

「よし！」

シミュレーション通りに回避をすることが出来たユーリはガッツポーズをする。コジロウは無邪気に笑う彼を見て優しく笑い……冷徹に睨《にら》みつける。

「すまん」

そう呟いた瞬間、空を切ったはずのコジロウの刀が突如跳ねるように軌道を変え、ユーリの喉元めがけ襲いくる。

「へ？」

そう間の抜けた声を上げたユーリは、喉元から胴体にかけて袈裟《けさ》斬りにされ前のめりに地面に崩れ落ちる。その体は細かく痙攣《けいれん》している、まだ命はあるようだが風前の灯なのは明らかだ。

　コジロウはそんな彼に一切容赦することなく、倒れた彼の後頭部に刀の先端を押し当てる。

「さらば」

　そう言って刀を握る手に力を入れる。すると刀はユーリの後頭部に突き刺さる……かに見えたが、その瞬間コジロウの刀が弾《はじ》かれ彼の企《たくら》みは失敗に終わる。

「いったい……どういうことですか」

　コジロウの刀を弾いたルイシャは力強い目つきでコジロウを睨みつける。その目には強い敵意、そして戸惑いが浮かんでいる。ほんの少し前まで優しい雰囲気を纏《まと》っていたのになぜ？　疑問がルイシャの頭の中でぐるぐる回る。

「てめえ、何してやがるっ！」

　ルイシャがコジロウを睨みつけ足止めしている間に、護衛のイブキも駆け寄ってきて剣を抜く。兜《かぶと》をしているのでその表情は分からないが、その一挙一動が怒りに満ちているのが見て取れる。

「王子はてめえみてえな三下が手を出していい方じゃねえんだよ……！　それをよくも、よくもやってくれやがったな……絶対にぶっ殺してやる！」

　普段の飄々《ひょうひょう》とした彼からは想像もつかないその怒りに満ちたその姿にクラスメイトたちは驚く。イブキの忠誠心を疑っていたわけではないが、こんなに取り乱してしまうほどのものだったのかとルイシャも驚く。

「イブキ、少し落ち着いて。闇雲に襲いかかっても勝てる相手じゃないよ」

「止めんなルイシャ、あの野郎だけは私が殺す……っ！」

イブキは溢《あふ》れんばかりの殺気を放ちながらコジロウを睨みつける。怒りで鈍った刃ではとてもコジロウには敵《かな》わない、それが分かっていたルイシャはなんとかしてイブキを引き止めようと試みる。

「イブキ、実は……」

ルイシャはイブキの耳元で何かをこそこそと話す。

「――――っ!! それは本当っすか!?」

何かを耳打ちされたイブキは声色が一変する。怒りに震えていた体は平静を取り戻し、口調もいつもの感じに戻り始める。それほどまでにルイシャの言った言葉はイブキにとって大事なものだったのだ。

「……わかったっす。正直完全に納得出来たわけじゃないっすけど、この場はルイっちに任せたっす。その代わり……必ず、必ず奴《やつ》に勝ってください」

「うん、任せて」

深々と頭を下げお願いするイブキの肩に、ルイシャは力強く手を置いて答える。

信頼する友人に後を任せ、イブキはぐったりと地面に横たわっている自らの主人を抱え上げると足早にその場を離れる。

二人がクラスメイトたちのもとへ無事戻れたのを確認したルイシャは、シャロとヴォルフとアイリスに目を向ける。

（みんなを守ってね）

ルイシャは簡単なハンドサインで三人にその場に待機しクラスメイトたちを守るようお願いする。ルイシャのそのサインを見た三人は彼の指示を即座に理解し首を縦に振る。しかしその指示を受けたヴォルフの胸中は複雑であった。

「くそっ！　こんな状況だってのに何も出来ねえのかよ……！」

本当は隣で戦って欲しいと言われたかった。しかし今の自分ではルイシャの足を引っ張る結果になってしまうことをヴォルフは嫌というほど分かっていた。

彼《ヴォルフ》は強い。しかしそれは学生という括《くく》りの中での話だ。

将紋《しょうもん》・王紋《おうもん》持ちは人の、いや生き物の領域を超えた能力を持った者たちだ。ヴォルフはその中に入れるほどの実力をまだ身につけていなかった。

そしてそれは彼女も同じことだった。

「足手纏いはあんただけじゃない、私だって同じよ」

その言葉に反応しヴォルフはシャロの方を見る。

彼女は唇を強く噛《か》みながらルイシャの方を見ていた。その桃色の瞳には無力感、心配、そして悔しさが浮かんでいた。

「悔しいでしょう、無念でしょう。私も同じ気持ちよ。でも目を逸《そ》らしちゃダメ。この戦いをしっかり見て糧にするの。強くなるためにも」

その言葉を聞いたヴォルフは雷に打たれたような衝撃を覚える。自分が駄々をこねている間に、この人は弱さを受け止めその先まで考えていたのか――――と。

彼は自分の両頬をパン！　と両手で叩《たた》いて気合いを入れ直し真剣な表情になる。

「……分かったぜ姉御、俺は俺のやるべきことをやる。何があろうとクラスメイト《あいつら》は守ってみせる」

「ええ。後また姉御って言ったらぶち殺すわよ」

「はい……」

落ち込むヴォルフを他所《よそ》に、シャロは真剣な面持ちでルイシャの方を見ていた。

確かにルイシャは強い。だが相手も相当な使い手であることは確かだ。世間一般で言うところの『天才』クラスでも、将紋が発現する者はそうはいない。

圧倒的な才と人並外れた努力、両方を兼ね備えた者でなければ将紋が発現することはない。

（お願い、無事で帰ってきて……）

シャロは心の中でそう強く祈る。

そしてもう一人、アイリスもルイシャのことを複雑な心境で見守っていた。

「くっ……私にもう少し力があれば……！」

ユーリが斬り伏せられた瞬間、アイリスもそれに気づき即座に動こうとした。しかし刀を抜いたコジロウの放つ『圧』に圧倒され駆けつけることが出来なかったのだ。

今も彼女の足は細かく震えている。このような状態では足を引っ張るだけ、それが分かっている彼女はヴォルフと同じくただ立ち尽くすしか出来なかった。

優秀な彼女はここまでの挫折を経験したことがなかった。悔しさのあまり握りしめる拳からは血が滴り落ちる。

三者三様、さまざまな感情を抱えながら戦いを見守る。

その視線の先の二人は向かい合ったまま一定の距離を保ち視線をぶつけ合う。

そんな一触即発の空気の中、最初に口を開いたのはルイシャだった。

「……なぜあんなことをしたんですか？　あなたと過ごした時間は短いですが、僕の目に映ったあなたはこんなことをする人には見えませんでした。僕たちに稽古をつけてくれたあなたは、ダンジョンに行くと言った僕たちを心配してくれたあなたは……嘘《うそ》だったんですか？」

「そう簡単な話ではないのだよ。人とは一つの側面で語れるものではない。子どもには分からないだろうがな。それよりも道を開けてもらえぬだろうか？　王子殿以外に危害を加えるつもりはないのだ。拙者を困らせないでくれ」

そう言ってコジロウはクラスメイトたちに介抱されるユーリを見る。彼を袈裟斬りにした時の感触はまだ手に残っている。あの手応えなら致命傷を免れない。確実に息の根は止められているだろうと彼は確信していた。

「僕の友達に手を出したあなたを黙って返すわけにはいきません。ユーリ以外に手を出さないという言葉が本当だという証拠もありませんしね」

「……一理ある。人斬りの話を鵜《う》呑《の》みに出来るわけもなし」

納得したようにそう呟いた彼はゆっくり腰の刀を抜き放ちその切っ先をルイシャに向ける。

「しかしこちらにも引けぬ理由がある。お主が道を塞ぐなら強引にでも押し通らせてもらう」

そう言って彼は凍《い》てつくような冷たい視線をルイシャに浴びせる。恐ろしい殺気を孕《はら》んだその視線を正面から受け、ルイシャは心臓にナイフを突き立てられたかのような錯覚を覚える。

「――――参る」

次の瞬間、消えたかと錯覚するほど恐ろしい速さでコジロウが駆け出す。一瞬でルイシャに接近した彼は手にした長刀を横薙ぎに振るう。

ルイシャはなんとかその場にしゃがみこみその一撃を回避するが、すぐに二の太刀三の太刀が休む間もなく降り注いでくる。その一撃一撃が命を刈り取る必殺の一撃。回避だけでは全てに対処出来ないと判断したルイシャは竜王剣を振るい斬撃を弾く。

「ほう、拙者の攻撃を受け切るとは。いい体と剣を持っておる」

「どちらも師匠に貰《もら》った自慢のものでしてね。そう簡単には負けませんよ……！」

迫り来る斬撃の雨をくぐり抜けたルイシャはお返しとばかりにコジロウの腹部めがけて拳を振るう。しかし彼はそれを無駄のない動きで躱すと、お返しとばかりにルイシャの胴体に回し蹴りを放ってくる。

「ぐっ……！」

ルイシャはかろうじてそれを腕で受け止めるが、ガードした前腕部が赤く腫れあがってしまう。気功で強化してもこれだけのダメージ、もし強化していなかったら容易《たやす》くへし折れていただろう。

接近戦は分が悪い。そう考えたルイシャは一旦コジロウから距離を取り中距離での戦いに移行する。

「超位火炎《フォル・ファイア》ッ!!」

高速で魔力を練り上げ発動したのは自分が最も得意とする火炎魔法。人を丸呑《まるの》みするほど大きな火球は恐ろしいスピードでコジロウに向かって飛んでいく。

「よく魔力が練り込まれたいい魔法だ。しかしこれしきで拙者をどうこう出来ると思われるとは心外だな」

炎が迫り来る中でもコジロウは全く慌てていなかった。彼は綺麗《きれい》な所作で上段に刀を構えると、まるで扇を煽《あお》ぐかのような動作で刀を振るう。

「天巌流《てんがん》――燕尾《えんび》拭《ふく》」

刀を振るった先に出来たのは大きな旋風。その風はルイシャの放った火炎に正面から激突し、霧散させてしまう。

「なっ……!!」

いとも簡単に超位魔法が破られたことに流石《さすが》のルイシャも驚く。これが人間の壁を越えた者の実力。ルイシャはその力を再認識した。

「呆《ほう》けてる暇はないぞ……!」

長刀を上段に構えたコジロウは超速で接近し刀を振り下ろす。それを躱《かわ》したルイシャはなんとか距離を取って有利な距離感で戦おうとするがコジロウはすぐに距離を詰めてくるため魔法を打つタイミングすら作ることが出来ない。

「相手の嫌なことをするのが戦いの基本だ、覚えておくがよい」

「ぐっ……!」

相手にアドバイスをするほど余裕があるコジロウと比べて、ルイシャは余裕がなく防戦一方になってしまっていた。単純な腕力や魔力量でいえばルイシャは彼に劣っていない。しかし豊富な実践経験が彼の実力を底上げしていた。

これなら押し切れる。コジロウはそう確信し剣速を速め一気に勝負をつけようとする。

しかしいくら剣速を速めてもその刃は中々ルイシャに届かなかった。

(こやつ、戦いの中で成長しているとでもいうのか……!?)

最初の方は反応が遅れていたフェイントにも騙《だま》されなくなり、回避が間に合わずガードしていた攻撃も躱せるようになっていた。

これは戦いの中で成長し動きが速くなったから――ではない。ルイシャはコジロウの動きをこの短時間で学習し、覚え、それに対応出来るようになったのだ。

無限牢獄《ろうごく》の中で修行を続けた彼の身についたのは二人の王の力だけではない。彼に宿った彼だけの能力、それは『超学習能力』。

魔王と竜王、二人の技術を覚える内に彼は他人の技や動きを覚えることが得意になっていた。ルイシャが元々持っていた狂気的なほどの強さへの憧れも後押しし、その力は『異能』と呼べるほどに昇華されていた。

なので時間が経《た》てば経つほど、技を見れば見るほどルイシャは相手の力を覚え、対処し、自らも使うことが出来るようになるのだ。

「よし……だいぶ分かってきたぞ」

「ぐ、これなら見切れまいっ！」

四方八方から襲い来るいくつもの斬撃。

ルイシャはそれを躱し、受け止め、受け流し、全てをやりすごす。

「……すごい」

その常人の理解を超えた戦いを観戦しているクラスメイトたちの中から、そう声が漏れる。

今が非常事態だということは全員が理解している。しかしそれでも目の前の戦いに目を奪われてしまっていた。それほどまでに二人の剣戟《けんげき》は激しく、熱く、美しかった。

「うおおおおおっ!!」

攻撃を捌《さば》き切ったルイシャは咆哮《ほうこう》し、反撃とばかりに渾身《こんしん》の斬撃を叩き込む。その攻撃は素人目にはがむしゃらにも見える。しかしフェイントを上手《うま》く織り交ぜているので受ける側はかなり神経をすり減らす。並の剣士であればフェイントが織り交ぜられていることにすら気づかず斬られてしまうだろう。

しかしコジロウも並の剣士ではない。フェイントに惑わされることなく冷静にルイシャの攻撃に対処する。

「その歳でここまで戦える者がいるとは驚きだ。しかしその程度で不覚は取らんぞっ！」

こと剣の腕に限ればコジロウの実力はルイシャを大きく上回る。なのでルイシャは魔法を使って有利に立ち回りたいのだが、コジロウの用いる独特の歩行術『摺《す》り足《あし》』がそれを許さない。地面をこするようにして歩くこの歩行術は予備動作が少なく動きが読みづらい上に小回りが利き、距離を取ることが難しいのだ。

その歩行術と長刀の長いリーチ、そして高い剣士としての技量が合わさりルイシャは想像以上の苦戦を強いられる。桜華《おうか》との剣の修行がなければここまで渡り合うことも出来なかっただろう。

（なんとか、なんとか隙を見つけ出さなきゃ……）

ルイシャは必死に斬撃を掻《か》い潜《くぐ》りながら隙を探す。しかし皮肉にも相手の隙を探すあまり、自らの動きがわずかに鈍り、隙が生じてしまう。ほんの少し、時間にして一秒にも満たないその隙をコジロウは見逃さなかった。

「天巌流、啄身《ついばみ》」

まるで鳥が虫を啄むかのように放たれる超高速の突き技。その技はルイシャの右肩に命中し、肉を抉《えぐ》り取る。

「がっ……！」

突然の痛みに顔を歪《ゆが》め、ルイシャの足が止まる。

「さらばだ。強き少年よ」

剣を横に構えたコジロウは、ルイシャの首元めがけ刀を振るう。

絶体絶命の状況。しかしルイシャの目はまだ諦めていなかった。

「気功術、守式七ノ型……陽炎《かげろう》!!」

気功術を発動した瞬間、まるで蜃気楼《しんきろう》のようにルイシャの輪郭がボヤける。

そしてルイシャの首元めがけ振るわれた刀は、なんとルイシャの体をすり抜け空を斬る。

「なに!?」

突然の事態にさすがのコジロウも慌てる。

守式七ノ型、陽炎。この技は自分の周囲に高濃度の気を放つことで、相手に自分の位置を誤認させる技だ。

コジロウが斬ったのは気が作り出したルイシャの残像。本物の彼はその場にしゃがみこみ攻撃から逃れていた。

現在コジロウは大振りの一撃を外した状態、つまり隙だらけだ。千載一遇、またとない絶好の好機をルイシャは見逃さなかった。

「――――次元斬っ!!」

ルイシャが選択したのは彼がもつ剣技の中で最高威力を誇る『次元斬』。隙が大きく当てにくい技だがその威力は折り紙付きだ。

当たれば大ダメージは必至の一撃。しかしなぜかコジロウは全く慌てていなかった。

「いい技だ……当たれば、の話ではあるが」

そう呟《つぶや》いた次の瞬間、コジロウの刀が突如軌道を変える。

「天巌流秘剣、燕返死《つばめがえし》」

まるで空を舞う鳥のように動いたコジロウの刀はルイシャの肩口に深々と突き刺さり、そのまま胸、腹、腰を通り袈裟《けさ》斬りにする。

「……っ!!」

ルイシャの体から真っ赤な鮮血が吹き出しコジロウの服を赤く染める。精一杯足に力を込めようとするが大量の血が流れ落ちたことで力が入らなくなってしまい、その場に倒れ込んでしまう。

「ぐっ、ううっ……!」

必死に立ち上がろうとするルイシャだが体に力が入らず起き上がることが出来ない。コジロウはそんな彼を見て戦闘の続行は不可能だと判断し刀を収める。

「気を落とすことはない。我が必殺の剣気術『燕返死』を初見で見極めることは不可能。お主はよくやった方だ」

剣気術というのは剣士が使う『気功』を用いた剣技のことを言う。

気功術と違い体ではなく武器に気を流すこの技は気功術より習得が簡単なため、気功術が廃れた現代においてもよく使われる技だ。

先ほどコジロウが使った技『燕返死』という技は剣先に気を溜《た》め、一気に爆発させることで加速しながら軌道を変える技だ。一見地味な技だがその奇襲性は非常に高く、戦い慣れした者ほど引っかかってしまう非常に厄介な技と言えるだろう。

「さて、最後に王子殿の息を確認しお暇《いとま》するとしよう。助かりはしないだろうが念のために、な」

そう言ってコジロウは生徒たちの方へ歩を進める。それに反応しシャロとヴォルフとアイリスが前に出るがコジロウは一切それを気にしない。

「無益な殺生は好まぬ。下がればお主らに危害は加えぬ」

「だから友達が殺されるのを黙って見てろってわけ？　あんま舐《な》めんじゃないわよ」

シャロは気丈にそう言うが、その声は少し震えている。

「仕方あるまい、少し痛い目を見てもらうぞ……」

刀を抜き放ち悠然と歩くコジロウ。血だまりの中に倒れながらルイシャはその様子を見ていた。

「ま、待て……」

力を振り絞り手を伸ばすが、その手は何も摑《つか》むことが出来ず地に落ちる。

出血過多により意識が薄れる中、ルイシャはある出来事を思い出した。

◆

◆

◆

「よいかルイ、お主はいつしか外の世界に出ることになる」

無限牢獄の中で修行を開始し二百年ほど経ちルイシャもだいぶ強くなってきた頃、急に竜王のリオはそう切り出してきた。

「そうだね、それがどうしたの？」

「お主は強くなった。その強さは外の世界に行っても通用することじゃろう」

「そ、そうかな。へへへ……」

あまりリオに褒めてもらえることはないのでルイシャは照れる。ちなみにテスタロッサは過剰に褒めてくるのでたまに叱られるとなんだか嬉《うれ》しくなってしまう。二人の師匠は実に対照的だった。

「これ、あまり調子に乗るでない。強くなったのは確かじゃが、お主には圧倒的に欠けているものがある」

「欠けているもの？」

「うむ。お主に欠けているもの。それは『覚悟』じゃ」

「覚悟……？」

リオの意外な発言にルイシャは首を傾《かし》げる。

「どういうこと？　外に出て戦う覚悟なら出来ているつもりだけど」

「普通に戦う分じゃったら確かに問題はないじゃろう。わしが言っとるのは『命を賭けた』戦いのことじゃ」

「命を、賭ける……」

命を賭けて戦う。その言葉は彼の中にズンと重くのしかかる。

強さを求めることに夢中で自分が誰かの命を奪うことになるなんて考えたことがなかったのだ。

「で、でも無理に命を賭ける必要はないんじゃない？　ほら、話せば分かるかもしれないし」

慌てた様子でそう主張するルイシャの肩にリオは優しく手を乗せる。

「お主の性格はよく分かっとる。その優しさはお主の強さでもある」

「リオ……」

「だが全員が全員話せば分かる奴《やつ》と思うな。もし話し合いだけで全てが解決するのであれば戦など起きん」

リオは神妙な面持ちで語る。

きっとリオは辛《つら》い戦を何度も経験しているんだろう、そうルイシャは感じた。

「外の世界に出ればいつかお前にも命の取り合いをする時が来るじゃろう。良心の呵責《かしゃく》などない極悪人か、はたまたやむを得ぬ事情で戦わねばならぬ者か。そういった者は相手を殺す覚悟を持っておる。優しいお主は命の取り合いに躊躇《ためら》ってしまうじゃろう。だがその時は迷うな。一瞬の気の迷いで大切なものは容易《たやす》く失われてしまう」

リオも誰かを戦いで失《な》くしたの？　と疑問が湧き出るがルイシャはその言葉を呑《の》み込む。彼女の何かを懐かしむその目を見れば、彼女の失くしてきたものの多さが語らずとも分かったからだ。

「分かったよリオ、上手くやれるかは分からないけど……頑張ってみるよ」

「うむ、それでよい。いずれその時が来たら、わしの言葉を思い出してくれればそれでよい」

そう言ってリオは優しくルイシャの頭を撫《な》でた。いつか来るその時まで、せめて安らかでいられるようにと願いを込めて……。

◆

◆

◆

「……ごめん、今、思い出したよ」

あの時リオの言っていた言葉がルイシャの頭にスッと染み込んでくる。

今こそが命を賭けて戦う時なのだと強烈に理解した。

「はぁ……はぁ……」

息を切らしながらもルイシャは歯を食いしばって立ち上がる。未《いま》だ鋭い痛みが体を襲ってくるが、それを気に留めている暇はない。

ゆっくりと、しかし確実に立ち上がるルイシャの気配に気づいたコジロウは振り返って彼の方を見る。

「あの傷で立ち上がるとは……しかしフラフラではないか。その状態で拙者と戦うつもりか？」

満身創痍《まんしんそうい》の状態で立ち上がったルイシャを見て、わずかに驚くがコジロウはすぐに平静を取り戻す。彼の言う通りルイシャは立っているのもやっといった様子だ。しかし彼の目は死ぬどころか倒れる前よりも強く輝いていた。師匠の言葉が彼を奮い立たせ力を与えてくれる。

そんな彼を見てコジロウは初めて彼を敵と認識する。自分の相手は子どもではなく戦士なのだと。

「子ども扱いしたことは詫《わ》びよう。貴様を目標達成の障害とみなし……排除する」

コジロウは上段に構える。守りを捨て攻めに特化した彼の必殺の型だ。

「お命頂戴！」

その構えのままコジロウは猛スピードで接近しルイシャの脳天めがけ刀を振り下ろす。

人体を容易に両断する至高の一撃。ルイシャはその一撃が当たる瞬間体をほんのわずかに横にずらし回避する。

「なに!?」

その予備動作のない流麗な動きを見たコジロウは驚愕《きょうがく》する。なぜならその動きは自らの得意とする歩行術『摺《す》り足《あし》』に酷似していたからだ。もちろんコジロウほどの精度はないが実戦でも通用するほどの形にはなっていた。

コジロウの攻撃を摺り足で回避したルイシャはがら空きになったコジロウの胴体に素早く正拳突きを放つ。気功の力で鋼以上の硬度を持つ彼の拳がコジロウの腹筋に突き刺さり衝撃が内臓まで達する。

「うっ――――!」

内臓を強く揺さぶられたことで激しい痛みと不快感がコジロウを襲う。この攻撃をくらい続けるのはマズいと判断したコジロウはたまらず後退し距離を取る。

（攻撃の『質』が変わった――――!? 先ほどまでの攻撃とは『鋭さ』がまるで違う!!）

今までのルイシャの攻撃は威力こそ高かったものの命を落とす恐怖は感じなかった。しかしコジロウは今の拳一発で明確に『死』を意識してしまった。

いったいなぜここまで変わった!? コジロウは豹変《ひょうへん》した目の前の少年について思考を巡らそうとするが、ルイシャはその暇を与えなかった。

「……攻式三ノ型、不知火《しらぬい》」

コジロウの後退を許さず、ピタリとくっついて移動したルイシャは相手の右脚めがけ鋭い蹴りを放つ。虚を衝《つ》かれたコジロウはガードが間に合わずその一撃をモロにくらう。

炎を纏《まと》った強烈な蹴りをくらった脚は真っ赤に腫れ上がってしまう。これでは移動速度は半減、一気にコジロウは窮地に陥る。

「き、貴様ッ！」

「感謝しますよコジロウさん、僕はあなたのおかげで戦いの恐ろしさを、本当の覚悟を知ることが出来ました」

ルイシャに足りなかった覚悟、それは自分が傷つくことに対する覚悟ではなく『相手を傷つける覚悟』だった。それが足りないルイシャは自然と攻撃をセーブし、相手を殺さないよう気をつけて戦っていた。

しかしそれでは大切な人を守れない。それに気づいたルイシャの拳からは迷いが消え、今までにない『鋭さ』を手に入れるに至った。

「そのおかげで手に入れることが出来ました。護《まも》るための殺意、救うための非情を――。あなたに貰《もら》ったこの力で、僕はあなたを超える！」

両手でしっかりと竜王剣を握ったルイシャは激しく斬りかかる。殺意のこもり方がまるで違うその攻撃は執拗《しつよう》に首などの急所を狙っており、熟練の戦士であるコジロウも冷や汗を浮かべるほど恐ろしい攻撃だった。

「くっ！　あまり調子に乗るなよ！」

お返しとばかりに斬撃の雨を降らせるコジロウだが、その攻撃は全て見切られ避けられてしまう。明らかに先ほどまでより強い。いや、強すぎる。いくら心持ちが変わったとはいえ、普通人はここまで短時間で強くなったりはしない。

違和感を覚えたコジロウはルイシャのことをよく観察する。すると一点、おかしな点を発見する。

「お、お主、なんだその赤い目は!?」

コジロウが指差す先はルイシャの右目。元々茶色だった彼の右目はいつの間にか紅玉《ルビー》のように美しい赤色に変わっていた。色だけでなくその形もヒト族のそれとは異なり、まるで獰猛《どうもう》な爬《は》虫《ちゅう》類《るい》種のように縦長の瞳孔に変貌していた。

経験豊富なコジロウでもこんな目をした人間を見るのは初めて。その美しくも異形の瞳に本能的に怯《おび》えを覚え足が震える。

一方ルイシャは大事なものに触れるように自分の瞳に優しく手を当てると、小さな師匠のことを思い出しながら呟《つぶや》く。

「そっか、力を貸してくれるんだね」

◆

◆

◆

ある日いつも通りリオと修行していたルイシャは、彼女と手合わせした時に疑問に思っていたことを休憩中に聞いた。

「ねえリオ。リオって相手の動きが読めるの？　手合わせしてる時明らかに僕が動くより早く行動してることがあるよね？」

「む、それに気づくとは成長したのルイ。いいじゃろう。特別に教えてやろう！」

リオは嬉しそうに大きな尻尾をブンブン振りながら説明を始める。

「我ら竜族の中でも特に戦闘に特化した者は『竜眼』と呼ばれる特殊な眼《め》を持っておる」

「『竜眼』？『魔眼』じゃなくて？」

「うむ。魔力を可視化出来る魔眼と違い、竜眼は生命力や気功を可視化することが出来るのじゃ。世界広しといえどこんな超すごい能力を持ってるのは竜族だけじゃ」

えっへん。とリオは自慢げに竜眼のことについて語る。

しかしルイシャにはそれがどんな強みを持つのか分からずきょとんとしていた。

「なんじゃ、反応が薄いのう」

「え、あ、ごめん。いまいちどういう風に役立つのかピンとこなくて」

「かか、まあ実際に竜眼を会得せんとこの凄《すご》さは分からんか」

リオはそう言って竜眼の強さをルイシャに説明する。

「竜眼を会得した者は相手の気の流れや筋肉の動きが見える。つまりそれは相手がこれからどう動くかが分かるということなのじゃ。拳に力を込めているのが分かれば次に相手が殴ってくるということが分かるし、相手が蹴ろうとしていても足に力が入っていなければそれがフェイントだと見破ることが出来るのじゃ」

「すごい!! それなら相手の攻撃を全部避けられるじゃん!!」

「かか、そうじゃろうそうじゃろう」

目をキラキラ光らせながら竜眼を褒めるルイシャを見てリオは鼻高々だ。

ない胸をこれ以上ないくらい張っている。

一方ルイシャはある事実に気づき少し落ち込んでいた。

「でも竜眼《それ》って竜族じゃないと手に入らないんだよね……? 僕もその力欲しかったなあ」

そう残念そうに言うと、リオはガバっ! と勢いよくルイシャの肩に腕を回し彼を励ます。

「かか! 安心せい。お主も使えるようになるわ!」

「え? そうなの?」

驚き戸惑うルイシャにリオは当たり前じゃ、と優しく教える。

「お主には長い時間をかけてゆっくりとわしの血を流し込んでおる。それが定着すれば竜族のみが持つ気功『竜功《りゅうこう》』が使えるようになるじゃろう。さすればいつか竜眼に目覚めることも出来るとわしは踏んでおる」

「ぼ、僕に竜族の力が!? すごい!!」

竜の力が手に入るという少年なら誰でもテンションの上がる展開にルイシャは興奮する。

リオもそれを見て嬉《うれ》しそうにうんうんと頷《うなず》く。

「しかし竜族の力は簡単には目覚めんぞ。お主が命の危機を感じたり、本当に戦う意志を持った時じゃないと目覚めんじゃろう。本当ならわしが目覚めさせてやりたいんじゃが、お主を命の危険に晒《さら》すなど今のわしには出来んからの」

リオは恥ずかしそうに鼻先を掻《か》きながらそう言う。

「リオ……」

「ま、まあとにかくじゃ！　お主の体の中にはわしら竜族の力が深いところまで行き届いておる！　じゃからもし外の世界に出ても安心せい。必ず竜族《わしら》の力がお主を助けるじゃろう」

そう言ってニカっとリオは笑顔をルイシャに向けた――――。

◆

◆

◆

「ありがとうリオ。これがリオの見ていた景色なんだね」

竜眼のことを思い出したルイシャは、進化した右目で世界を見渡す。世界に満ちる気の力、生命の力が可視化された世界は美しく思わず見惚《みと》れてしまうほどだった。

この力を使えば小さな虫の存在すら感じ取ることが出来る。大きな気を持つ目の前の相手ならなおさら。今ならコジロウがどのタイミングで呼吸し、どこを見ていて、次にどんな攻撃をするかまで手に取るように分かる。

その瞳に睨《にら》まれたコジロウはまるで蛇に睨まれた蛙《かえる》のように重圧を感じる。足が重くなり背筋が凍る。

しかし彼の『剣将』としてのプライドは屈することを許さなかった。

刀を正面に構え、咆哮《ほうこう》と共に突進したコジロウは幾重にもフェイントを織り交ぜながら斬りかかる。

秘剣『八重羽々斬《やえのははばきり》』。

同時に放たれたと感じるほどの速度で放たれる八連続の斬撃。今までのルイシャであれば初見でそれを見切ることは不可能であっただろう。

(ここ、ここ、これはフェイント、これは後ろに避けて、これは捌《さば》く、これとこれも避けて、これは弾《はじ》く)

竜眼が開眼したルイシャは、コジロウの秘剣を容易《たやす》く突破してみせた。

そして一気に懐に潜り込み竜王剣を振るう。

「……シッ!!」

情け容赦を捨てたその一閃《いっせん》は刀を握るコジロウの前腕に命中する。全身に気功を纏い彼の防御力は大幅に上がっているが、竜眼に目覚めたルイシャは竜族の膂力《りょりょく》を得ている。その結果は明らかだった。

「――がぁっ！！？？！？」

灼《や》けるような痛みと共にコジロウは苦悶《くもん》の声を上げる。

彼の右手首より先は綺麗《きれい》に切断されていた。その切断面からは大量の血液が地面に流れ落ち彼の体力を容赦なく奪っていく。

斬れ落ちた彼の右手は今もなお刀を握ったまま地面に転がっている。ルイシャは再び剣を取られないよう刀を蹴っ飛ばし遠くに飛ばす。

「き、貴様ァ……!!」

「これで刀は使えません。まだ続けますか？」

「舐《な》めるなよ小僧、拙者は何度も死地をくぐり抜けここにいる。命の危機など何回も乗り越えてきた！　たとえ泥を啜《すす》り血に塗《まみ》れようと必ず勝つ!!」

鬼気迫る表情でそう言ったコジロウは右腕に力を込める。すると筋肉が膨張し血管を圧迫、流れ落ちる血が止まったではないか。彼もやはり人の域を越えた存在なのだ。

「刀を失わせたくらいで勝ったと思うなよ。拙者にも負けられぬ理由があるのだっ！」

「負けられない理由なら僕にもある！　友達も、仲間も、大切な人も全員守り切ってみせる！」

「そんな我儘《わがまま》、通ると思うなよッ！」

「通すために強くなった！」

二人は同時に駆け出す。両者共に体力は限界、既に気力で立っているような状態だ。それでもお互いの大切なモノを護るため、限界を超えてぶつかり合う。

「超位腕装魔剣《フォル・アムソドル》!!」

コジロウは魔法で右腕に青く輝く剣を出現させる。いくら血が止まったとはいえまだ激しく痛むであろうその腕を力の限り振りルイシャに剣戟《けんげき》を浴びせる。

（腕を斬り落とされてここまで動けるとは、なんて執念なんだ……！　でも僕も負けるわけにはいかない！）

お互いの譲れぬものを賭け、命を削りながら激しく剣を重ねる二人。時間にしたらほんの数分だが、その時間はどんな対話よりも濃密で鮮烈だった。

剣の振り方や足運びからどれほどの努力を重ねたかが分かり、鬼気迫る表情から人生が読み取れる。二人はこの数分で何時間、いや何十年もの間語り合ったかのようにお互いのことを知る。

「はぁ……はぁ……」

「ぜぇ、ぜぇ……」

当然そんなことをやっていれば両者の体力はすり減る。しかしまだ、まだ折れるわけにはいかない。二人は申し合わせたかのように同タイミングで力を溜《た》め最後の技を繰り出す。

「竜功術――――攻式一ノ型『竜星拳《りゅうせいけん》』ッ!!」

先に技を発動させたのはルイシャ。竜族のみが使える気功『竜功』を拳に集めた彼は最後の力を振り絞り駆け出す。

その拳は竜功の力で光り輝いている。高速で動き光の軌跡を残すその様はまるで流星だ。

一方コジロウも少し遅れて大技の準備が終わる。体内の魔力を総動員し左手に集めると、懐に持っていた小刀にそれを注ぎ込む。魔法の鍛錬も欠かさないコジロウの魔法能力は高い。そんな彼の全魔力を注がれた短刀は青く光を放ち始める。

「将級巨断剣《ジェネル・ラジソドル》ッッ!!」

コジロウがそう唱え短刀の切っ先を頭上に掲げると、その先に青い光を放つ巨大な剣が出現する。長さ二十メートルは下らないその剣は、コジロウが短刀を動かすとその動きに連動して同じように動く。

「これが拙者の奥の手、お前にこれが受け切れるかっ!」

そう言って短刀をルイシャめがけて思い切り突き出すと、巨大な魔法の剣もその動きに従いルイシャに向かって突き出される。

「これが将紋《しょうもん》を持った人だけが使える将位魔法……！　スゴい魔力だけどこれを突破出来なきゃ王紋《おうもん》持ちに勝つなんて夢のまた夢。負けるわけにはいかないっ！」

ルイシャは逃げずにその巨大な剣めがけ一直線に走る。他人から見たらやぶれかぶれに見えるだろう。しかしルイシャは信じていた。必死に鍛え抜いた自分の体を、尊敬する師匠に教えて貰《もら》った技を。

「うおおおおおおっ!!」

咆哮とともにルイシャの拳はコジロウの魔法に激突する。全身全霊の力を込めたルイシャの拳は弾かれることなく剣の勢いを止めることに成功した。しかし依然剣はルイシャを両断せんと前に進もうとする。

「ぐ、ぐぐぐ……！」

二人の攻撃の決着は中々つかず、膠着《こうちゃく》状態が生まれる。一見すると五分の勝負に見えたがコジロウは勝利を確信していた。

（傷はこちらの方が深いが拙者の方が体力が残っておる。このまま均衡状態が続けば先に倒れるのは向こうだ……！）

しかし、少年は折れなかった。

「まだまだ……っ!!」

ルイシャは両の足でしっかりと地面を踏みしめると、腰を深く落とす。そして体の全ての部位を連動して腕に力を送る。無限牢獄《ろうごく》で何度もリオに教わったことだ。

「負けてたまるか……この体は最強の人が鍛えてくれた体なんだ……負けるわけにはいかない！」

『強さの根源は基礎』それがリオの口癖だった。その言葉を信じルイシャは無限牢獄を出た後も肉体の鍛錬を欠かさなかった。たとえ気功と魔力で筋力を底上げ出来る状態にあっても肉体をいじめ抜くことから逃げなかった。

そんな彼の献身がひ弱だった少年の体を……何者にも負けない戦士の体に作り替えた。

コジロウは一向に力が弱まる気配を見せないルイシャに焦りを感じ、一層腕に力を込めてルイシャを両断しようとするが、剣はピクリとも前に動かない。

しかもよく見れば段々コジロウの方が後退しているではないか。

「拙者の魔法が押し負けているだと？　あの小さな体にどれだけの力が眠っているというのだ！」

計算が狂い焦るコジロウ。一方ルイシャは落ち着いていた。

「足に力を込めて……腰を下ろす……」

体力は既に限界、しかしそれでも彼は諦めていなかった。両の瞳は熱く燃え盛り全身から強い闘気が溢《あふ》れ出す。そんなルイシャの姿を見たコジロウは真剣勝負の最中だというのに笑みを漏らす。

「本当に、本当に大した少年だ。君のように強ければ拙者もこのようなことに手を染めずに済んだのやもしれぬな」

コジロウは誰に言うでもなくそう漏らす。その瞬間僅かに、ほんの僅かに彼の力が緩んだのをルイシャは見逃さなかった。体に残った竜功を全てかき集め、今度こそ全ての力を使い切り拳を振りぬく。

「いっけええええぇぇぇっっっ！！！」

ルイシャの拳に凝縮された光はより一層輝きを増すと、コジロウが生み出した巨大な剣を砕き割る。

バキバキバキッ！　と剣を砕きながら前進したルイシャは一気にコジロウのもとに駆け寄ると、その体めがけて拳を振るう。

「見事……っ」

ルイシャの拳を腹部に受けた彼は勢いよく宙を舞い、その後地面に全身を激しく打ち付け意識を失う。

「はあ、はあ、やった……のかな」

コジロウが倒れたのを確認したルイシャは緊張の糸が解けドサっとその場に座り込む。

すると役目を終えたとばかりに竜眼も引っ込み元のルイシャの瞳に戻る。

「ありがとう、リオ」

そう小さくお礼を言ったルイシャは、クラスメイトたちの方を向き、親指を立てて勝ったことを告げるのだった。

◇　◇　◇

「う、うう……」

痛みに呻《うめ》きながらコジロウは目を覚ます。

全身が余すところなく痛む。あれだけ派手に吹っ飛ばされたのだから当然だ。特に斬り落とされた右腕が……痛く、ない？

不思議に思ったコジロウはゆっくりと重いまぶたを開ける。するとそこに広がっていたのは驚きの光景だった。

「ローナ！　もっかい回復魔法をお願い！」

「ふ、ふぁい！　頑張りますっ！」

「ルイシャ様、傷口は全部塞ぎ終わりました」

「大将！　なんか俺に出来ることはねえか？」

なんと生徒たちが懸命に自分の治療をしているではないか。

しかも嫌々といった感じではなくみんな自発的かつ積極的に治療に当たっていた。

「う、ぐぐ……」

「あ！　意識が戻りましたか！」

コジロウが意識を取り戻すと一番近くで治療に当たっていたルイシャがそれに気づく。

彼は斬れ落ちたコジロウの右手首の部分の治療に当たっていた。

「目を覚ましてすぐのところ悪いですが、今から右手の治療を始めます。少し痛いと思いますが我慢してくださいね！」

「へ？」

事態を飲み込めないコジロウを置き去りにして、ルイシャは斬り落とした右手を切断面に押しつける。

「ローナお願い！」

「は、はいぃ！　上位回復《ハイ・ヒール》！」

ローナがそう魔法を唱えると彼女の握る木製の杖《つえ》から緑色の光が放たれ、コジロウの手首を包み込む。すると驚くことに完全に切断された手首が徐々に繋《つな》がり始める。

「こ、これは……」

その回復魔法の効力にコジロウは舌を巻く。腕のよい回復魔法の使い手でも完全に切断された部位を繋げるのは至難の業。普通であれば回復薬《ポーション》も使いながら時間をかけてやる作業なのだ。だというのに目の前の少女は短時間かつ魔法のみでそれを成し遂げていた。

この人並外れた回復能力こそが彼女、ローナ・ホワイトベルの異能。攻撃魔法がからっきしの代わりに彼女は非常に高レベルの回復魔法を使うことが出来るのだ。その効果の高さはルイシャが教えを請うレベルだ。

コジロウはそんなローナの能力に驚きジロジロと見ていると、その視線に気づいたローナは朗らかな笑みを浮かべながら彼を見返す。

「あ、痛かったですか？　ごめんなさい。すぐに治すから少しだけ我慢しててくださいね」

そう言って太陽のように優しく、眩《まぶ》しい笑顔を向けられコジロウの中にあった殺意や敵意は完全に消え失《う》せてしまう。

完敗だ。心の中でそう負けを認めてしまったコジロウはされるがままローナの治療を受ける。

「うん……よし！　これで綺麗《きれい》にくっついたはずです、動かしてください！」

言われるがまま繋がった右手に力を込めてみると、ゆっくりではあるが指が意思通りに動いた。触覚もちゃんとあるので神経も繋がっているみたいだ。その回復魔法の精度にコジロウは再び舌を巻く。

「恩に着る、まさか元に戻るとは思いもしなかった……」

「えへへ、どういたしまして」

無邪気に笑うローナを見て少し頬を緩ませたコジロウは、ルイシャに視線を移す。そこには先ほどまで戦っていた戦士の顔ではなく、元の優しい少年の姿があった。

「なぜ……なぜ拙者を助けた。確かにあの時、お主からは覚悟を決めた者のみが放てる本物の殺気を感じた」

「質問したいのはこちらの方ですよコジロウさん。あなたは最後のぶつかり合いの時、力を抜きましたよね。まるで負けることを望んでいるかのようでしたよ」

「……バレていたか。拙者もまだまだだな。非情に徹したつもりなのだが子ども相手だと甘さが出てしまう」

コジロウはそう言って自嘲気味に笑う。

「拙者の負けだ、全てを話そう。しかしその前に王子殿を治療院に連れていった方がいい。助かる見込みは低いと思うが……」

「ふふ、その心配には及びませんよコジロウさん」

聞き覚えのあるその声に驚きそちらに目を向けてみると、なんとそこにはピンピンした様子で立っているユーリがいた。肩から腰にかけてザックリと斬ったはずなのに、その体に目立った傷は見当たらなかった。

「い、生きていたのか!?」

「ええ、これがなかったら助からなかったでしょうけどね」

そう言って彼が取り出したのは真っ二つに割れた銀色のメダル。これは何かあった時にとルイシャから譲り受けたものだった。

「これは魔道具『身代わりメダル』。一度だけどんな攻撃でも肩代わりしてくれる珍しい魔道具でしてね、これが僕のダメージを肩代わりしてくれたおかげで無事だったんです。まあ完全にダメージを肩代わりし切れなくて衝撃は来たんですけどね」

しかしその衝撃でユーリは意識を失い倒れたのでコジロウの目を欺くことが出来た。もし完全に攻撃を無効化していたら二の太刀で確実に殺されていただろう。

ユーリの無事な姿を見たコジロウは地面に手をつき頭を下げる。

「こんなことを言えた義理ではないのは分かっている。だがよかった……本当に生きててよかった……すまない……」

地面に顔を擦《こす》り付けながら何度も何度も彼が謝罪と安堵《あんど》の言葉を繰り返す。これには文句を言おうとしていたイブキもその言葉を飲み込まざるを得なかった。

「はあ、こんなに反省してたらなぁんも言えねっすわ。だが罰は受けてもらうっすよ、いくら軽傷とはいえ王子に手を出したことは事実、その罪は軽くねえっすよ」

「……分かっている、拙者のしたことは重罪。腹を切り首を刎《は》ねられてもしようのないことだと理解している。……ただ、ただ一つだけ聞いて欲しいことがあるのだ」

「聞いて欲しいこと？」

「うむ、実は……ぐうっ!!」

何かを話そうとしたした瞬間、コジロウは突然腹部を押さえて苦しみ出す。痛みに慣れているはずの彼が顔にびっしりと汗を浮かべていることがその深刻さを物語っている。

「くく、やはり……言えぬか。まこと馬鹿な選択をしたもの……よ」

「どうしたんですかコジロウさん!?」

「すまんな小僧、治療してもらって悪いがここまでのようだ」

ローナの回復魔法で傷は全て癒えた筈《はず》だというのにコジロウは全身から汗を流し、苦しそうにうずくまる。只事《ただごと》ではないと感じたルイシャは急いで彼を横にして異変の原因を探る。

「いったいどうし……熱っ！」

コジロウの肌に触ったルイシャはその熱さに驚き手を離す。思わず大きな声を出してしまうほどにコジロウの体は熱を持っていた。いかに強靭《きょうじん》な肉体を持つ彼でもこれほどの高熱が続けば長くは持たないだろう。

「なんでこんなに急に高熱が……!?　ローナなんとか出来る!?」

「え、あ、うん！」

ローナは仰向《あおむ》けに倒れているコジロウのもとにしゃがみ込むと、コジロウの胸元に手を当てる。

「上位治療《ハイ・キュアー》！」

彼女の手から今度は黄色い光が放たれ、コジロウの中にゆっくりと染み込んでいく。体力を回復する回復《ヒール》と違いこの魔法は体の異状を治す効果がある。人並外れた回復魔法の使い手であるローナが使えば高熱もすぐによくなる。

はずだった。

「えぇ!? 下げても下げてもすぐ熱が上がっちゃう！　なんで!?」

初めての現象に戸惑うローナ。魔力を振り絞って何度も魔法を重ねがけするが焼け石に水状態だ。そんなことを繰り返しているとまだ熱が下がっていないにもかかわらずコジロウはゆっくりと体を起こし必死に回復魔法をかけるローナの手を自分から外させる。

「……ありがとう、おかげで少し楽になった。拙者なら大丈夫だ」

「で、でも」

心配そうに目を潤ませるローナにコジロウは優しく微笑《ほほえ》み顔を横に振る。その死期を悟ったかのような表情にローナは何も言えなくなってしまう。

「急に倒れて悪かったな。拙者が倒れたのはこいつのせいだ」

コジロウはルイシャに見えるように自分の和服をめくり、その下の腹部を露出する。そこには見覚えのある鎖形の紋様があり、赤く光っていた。

「こ、これは奴隷紋じゃないですか。なんでこんなものがあるんですか!?」

奴隷紋とは絶対服従の契約が結ばれた証《あかし》。奴隷紋をつけられた者はそれをつけた主人の命令に従わなければいけなくなり、その契約を破ったり失敗すると奴隷紋はそれを感知し罰を与える。

罰の種類は軽いものから重いものまで様々だが、中には命を奪うものもある。コジロウの罰《それ》は対象が死ぬまで体温を上げ続けるという非常に重いものだった。

その奴隷紋をなんとか出来ないかとルイシャはよく観察する。するとある事実を発見する。

「これ、普通の奴隷紋じゃないですね。術式が正規のものよりも粗い。正しい手順をすっ飛ばして作ってある」

「ああ……よく分かったな。その、通り。これは……『脱法奴隷紋』だ」

本来奴隷紋はその主従に信頼関係がなければつけることが出来ない。しかし裏技的方法でその前提を無視することが出来るのだ。

そのようにして作られた奴隷紋は『脱法奴隷紋』と呼ばれ、それを身に刻む行為は王国法で固く禁止されている。しかし未《いま》だに一部の権力者はこれを使っている者もいると言われている。

「王子の暗殺に失敗した拙者が死ぬのは……時間の問題だろう。その前に話させて欲しい……拙者に、何があったのかを」

コジロウは顔を顰《しか》め、必死に痛みに堪えながら語り始める。

話によると彼には七歳になる一人娘がいるらしい。母親は数年前に病気で他界し、父と娘二人で各地を旅しながら暮らしていたという。

しかし一年前、娘は母親も罹《かか》った謎の奇病に罹ってしまったという。高い熱にうなされ日に日に衰弱していく娘、コジロウは医者や回復術師のもとを訪ねて回ったのだが誰も彼女を治せる者はいなかった。

万策尽き途方に暮れていた彼の前に現れたのは二人組の怪しい男だった。彼らは病気を治す方法こそ知らなかったが、熱を下げ体力を回復させる効果を持つとても珍しい魔道具を持っていた。

二人組はそれを貸す代わりに自分の手足となって働くことを要求。コジロウはそれを渋々呑《の》むのだった。

最初はモンスター退治などの簡単な仕事だったのだが、二人組の要求はどんどん過剰なものになり、犯罪めいたものが目立ってきた。そして遂《つい》に今回『王子の暗殺』という最悪の命令を下されてしまったのだ。

「犯した罪の重さは分かっておる。拙者はどうなろうと構わん。……しかし、しかし娘だけは助けてやって貰《もら》えぬだろうか」

コジロウは震える手でルイシャの手を摑《つか》みながら懇願する。彼の瞳からは熱い涙が絶え間なく流れ落ちる。今までずっと一人で悩んで溜《た》め込んでいた怒りが、悲しみが溢《あふ》れ出してしまう。

「お願いだ……あの子に罪はないのだ。どうか……どうか……」

ルイシャは自分の手を握ってくる彼の手を強く握り返すと、少しだけ目を瞑《つぶ》り……開く。その開かれた目には強い『覚悟』が宿っていた。

「聞いてたよねみんな。手を貸してくれるよね」

ルイシャの呼びかけに、クラスメイトたちは力強く頷《うなず》き返事をする。誰一人として反対する者はいなかった。

「ありが……とう」

コジロウはそう言って安堵の笑みを浮かべると、力なく地面に倒れ込むのだった。

◇　◇　◇

王都内のとある家屋。大通りから離れ人通りの少ないところに建てられた家にその二人組はいた。

「それにしてもあの侍、ちゃんと王子様を殺してくれんのかな。出会ってすぐにサクッと殺してくれりゃいいのによ」

「信頼を築いて警戒が薄くなるのを待つって言ってたが本当に出来るのかよ。早く次の仕事を受けて金を手にしてえよなあ」

そう言って男はベッドに横になる少女に目を向ける。銀色に輝くアミュレットをつけたその少女は頰がほんのり紅潮し寝苦しそうにしている。あまり気分がすぐれないようだ。

「にしてもこんなガキ一人生かしてるだけで文句も言わず働いてくれるとはな。いい金づるを見つけたもんだぜ」

「だろ？　そのアミュレットを売り捌《さば》くよりよっぽど稼げるぜ。あの侍にはもっと稼いで貰わねえとな」

「ちげえねえ！」

そう言って二人組は「「ガハハハ！」」と高笑いをする。

するとその瞬間、家の扉が突然内側に吹き飛んできて壊れる。二人は大口を開けたまま扉の方を向くと、そこには鬼のような形相をした少年が立っていた。

「見つけたぞ、お前たちだな……っ！」

その恐ろしい殺気に押され男たちは心臓を鷲掴《わしづか》みにされた気持ちを覚える。殺される。そう思った男は咄嗟《とっさ》に腰からナイフを抜き放ちベッドの上の少女のもとに駆け寄る。どうやら人質にするつもりらしい。

「させるか！　アイリスお願い！」

ルイシャがそう叫ぶと家の窓を割ってアイリスが姿を現す。そして勢いそのまま男を蹴り飛ばし少女の安全を確保する。

「娘さんの確保完了しました」

アイリスはコジロウの娘のもとに駆け寄りその安全を確保する。それを見たルイシャはよし、と頷く。

「な、なんだってんだ……！」

先ほどまで儲《もう》け話に花を咲かせていたというのに、今は謎の少年少女に襲撃され仲間と人質を失ってしまった。この状況、とても腕っぷしでは解決出来ないと察知した男は目の前の少年を口先で丸め込もうとする。

「き、君ぃ！　すごい強いねえ。その腕、私のもとで発揮してみないか？　君ならいくらでも稼げるよ！」

「……そうやってコジロウさんも丸め込んだんですね、反吐《へど》が出る。どんな甘い言葉を吐こうと、あの人の努力を、尊厳を、強さを辱めたお前を、僕は絶対に許さない！」

燃え盛る怒りを力に変え、ルイシャは男に向かって駆け出す。コジロウから受けたダメージがまだ残ってるため少し動くだけでも体が悲鳴を上げるが気にしない。こんな痛み、彼が受けた傷に比べたら些細《ささい》なものだから。

「や、やめっ!?」

「問答無用！」

ルイシャの渾身《こんしん》の右ストレートが顔面に突き刺さり、男は家の壁を突き破って外まで吹っ飛ぶ。顔面が陥没した男は「か、かぺ……」と呻《うめ》きながら意識を失う。

「おほ！　さすが大将、容赦ねえや」

そんな男のもとに外で待機していたヴォルフが近づく。その後ろにはシャロとカザハとチシャの姿もある。この隠れ家の場所はコジロウも知らなかったので鼻の利くヴォルフと虫を操れるカザハと解析魔法の使い手のチシャが協力してここを見つけ出したのだ。

「残念やったなヴォルフはん、暴れることが出来なくて」

「まあな。ま、大将が俺の分もやってくれたからいいけどな」

「ねえ、それより早くあの子を連れていった方がいいんじゃないの？　みんな待ってるんだし」

「そうね、私がルイを呼んでくるわ」

チシャの言葉に同意しシャロが家の中に入っていく。すると中ではルイシャが少女に近寄り額を触っていた。どうやら症状を調べているようだ。

「どう、何か分かった？」

「軽く診断してみたけどこれは病気とは根本から違うね。これじゃお医者さんも回復術師もお手上げのはずだよ」

「治る……の？」

心配そうに尋ねるシャロに、ルイシャは強く頷いて答える。

「必ず治る方法があるはず。絶対に見つけてみせるよ。まずはこの子をみんなが待ってる王城に連れていこう」

その言葉に従い一行は少女を連れて王城へ向かうのだった。

◇　◇　◇

王城医務室、そこでは二人のクラスメイトがルイシャたちを持っていた。

「わわわ、そろそろ来るかな……？」

「落ち着いてくださいローナさん。ほら、深呼吸して」

「う、うん。すーはー、すーはー。よし、もう大丈夫。ありがとうねベンくん」

「う、うむ。落ち着いたならよかった」

なんとも青春の匂いの漂うやり取りを繰り広げているのは回復魔法を得意とするおっとり系女子ローナと、委員長系堅物眼鏡男子ベンの二人だ。二人はルイシャに頼まれここで待機しているのだ。

ちなみに担任のレーガスは学園に今回の事件の報告に行っている。学園内に危険者を入れた責任は問われてしまうだろうがユーリも一緒についていったので辞めさせられるようなことにはならないだろう。

「む、この騒がしい足音。来たようだな」

ドタドタドタ！　とけたたましい音を響かせながらルイシャたちが医務室に入ってくる。ルイシャは二人に「お待たせ！」と言うとコジロウの娘を医務室のベッドに優しく寝かせる。ここに来るまでに目を覚ましたのか、彼女は薄目を開けて言葉を発する。

「あれ……ここは……？」

見知らぬ天井に怯《おび》えたような言葉を発する少女。するとローナは彼女の横に座り、その手を優しく握る。

「こんにちはフユちゃん。ねえ、少しお姉ちゃんとお話ししない？」

フユというのは彼女の名前だ。ローナは彼女に優しく話しかけその緊張を解きほぐす。

彼女の声、見た目、魔力には不思議と他者の気持ちを落ち着かせる効果がある。そのおかげで少女は警戒心を抱かずローナとお喋《しゃべ》りを始める。そうやって気を引きながらローナは少女に回復魔法をかけてあげる。これでまだ少しは持つはずだ。

「おいルイシャ。あの子の顔色、相当悪いぞ。いくら魔道具の効果があるとはいえそうは持たないだろう」

「だよね。だから早く治す方法を見つけなきゃ」

「ああ、そうだな」

ベンは真剣な表情になると大量の医学書を開きルイシャから症状を聞く。

「魔法で調べた限り病気に罹ってるようには見えなかった。呪いや魔法によるものでもないみたい」

「ああ、そこら辺だったら医者や回復術師でも気づくだろうからな。なんかもっと特異なものだろう」

ベンはコジロウから聞いた症状を当て嵌《は》めながら本と、そして頭の中にある知識とにらめっこする。

「症状に関することだけじゃない。何かこの子自身に変わったこと、気になったことはないか？」

「気になったことか……うーん……あ、そういえばこの子、平均よりも魔力量が多いみたい。鍛えればきっと将来優秀な魔法使いになるよ」

「魔法使いになるかどうかはさておき、その情報は気になるな。なんせその子の母親も魔力量が多かったとコジロウさんが言っていたからな」

コジロウは妻と娘は同じような症状だと言っていた。ならばその原因も同じなはず。それならば同じ体質はキーになるはず。このか細いヒントを元にベンは思考を重ねる。

「普通魔力は多いほど健康になるはず。それが原因で体調を崩すということは……まさか！」

何かに気づいた様子のベンは本の山から一冊を取り出し開いてルイシャに見せる。

「これを見ろ！　かなり前の症例だがこの子の症状と酷似している！」

そこに書かれていたのは小さな村に住む少年の症状だった。

原因不明の熱、倦怠感《けんたいかん》、そして関節部の腫れ。いずれもこの少女の症状と同じものだった。

「確かによく似てるね。これの原因はなんだったの？」

「これの原因は魔力中毒だ。こんな珍しい症例、そりゃ街の医者じゃ分かんないはずだ」

魔力中毒とは体内に過剰な魔力を溜め込むことにより発生する症状だ。魔力は減りすぎても命の危機に陥るが、体の許容量を超えても毒になる。もっとも体内にたくさん入っても出せばいいだけなので、この症状になる者はほとんどいない。

「多分この子も母親さんも魔力を排出しづらい体質なのだろう。排出が生産に追いつかなくて体が悲鳴を上げてるんだ」

「なるほど、じゃあ魔力を出してあげればよくなるんだね」

「ああ、確かにそうだが……難しいだろうな。今何かしらの方法で魔力を抜いてあげてもその場凌《しの》ぎにしかならない。何かいい方法はないものか……」

病気の正体が分かっても対処が出来ないのでは意味がない。ルイシャとベンがどうしたものかと思案していると、意外な人物が声を上げる。

「あ、それならいい考えがあるで」

そう言って手を挙げたのはカザハだった。彼女は服の袖から風船のように丸く膨らんだ虫を出すと、それを机の上に置く。

「いったい何をするつもりなの？」

「まーまー落ち着きいやルイシャはん。この子は袋虫《ふくろむし》いうてな、体内に色々物を入れておける便利な子なんや」

「へーそうなんだ……って今は虫の生態を学んでる暇……」

「わーっとるって。まあ見とき」

カザハが袋虫の尻尾を軽く引っ張ると、虫は口から体内に入れていた物を吐き出す。そして机の上には虫が体内にしまっていた小物が積み上がっていく。

「なんだ？　こりゃあ」

用途不明な物が積み重なっていき、ヴォルフは首を傾《かし》げる。しかしその場にいたルイシャとシャロとアイリスだけはその小物に見覚えがあった。

「これってもしかしてマクスさんが持っていた魔道具？　なんでカザハが持ってんの？」

「いやダンジョンで魔道具が活躍しとるのを見てな、魔道具は金になるんちゃうかと思うてな。いっちょビッグウェーブに乗ったろかとマクスはんに安く譲って貰《もら》ったんや」

そう得意げに言ったカザハは数ある魔道具の中から銀色の腕輪の形をした魔道具を一つ取り出すと、それをルイシャに渡す。

「これ、見覚えあるやろ？　特別に貸してやるからあの子に使ってやり」

「これは……！　ありがとうカザハ！」

ルイシャはその腕輪を受け取るとローナのもとに近づき、そっと耳打ちをする。

「ローナ、この子にこの腕輪をつけてあげて。そしたら疲れ始めると思うから急いで回復魔法をかけて」

「よ、よく分かんないけど分かった！」

状況は飲み込めなかったがローナはルイシャの言うことを信じ、腕輪を受け取る。

「ねえ、お姉ちゃんからプレゼントがあるの、受け取って貰えるかな？」

「ほんと？　うれしいな……」

今にも消え入りそうな声でそう言う彼女に、ローナは腕輪をつけてあげる。すると腕輪は淡く光り始める。

「きれい……ありがとうおねえちゃん……」

そう口にした少女はローナの袖をつかみお礼を言うがその力がどんどん落ちてくる。このままではヤバいと感じたローナは急ぎ魔力を練りこみ魔法を唱える。

「上位回復《ハイ・ヒール》!!」

綺麗《きれい》な緑色の光が少女を包み込み、彼女の体力を回復させる。すると赤かった彼女の顔はみるみる内に健康的な色になっていく。呼吸も安定し表情も穏やか、もう心配いらないだろう。

劇的によくなっていく少女を見て、ベンは不思議そうに尋ねる。

「カザハ嬢、あの腕輪はいったいどんな効果が？」

「ん？　あれは魔力を溜《た》める腕輪『チャージリング』ちゅうてな。少し前に知り合った冒険者から買うたもんなんや」

ルイシャたちはダンジョンに入る前、色々な魔道具を見せてもらっていた。その中にあったのがこの腕輪だ。魔力を溜めておけるといえば聞こえはいいが、マックスまで溜まっても魔力を吸い続けてしまう上に上限を超えたら外に漏れ出てしまうという欠陥仕様だ。

しかしこの少女からしたらその欠点は長所に変わる。魔力を自分で排出出来ないならそれを腕輪にやって貰えばいいのだ。

「ありがとうカザハ。この魔道具がなかったら危なかったよ」

「はっ、礼よりもウチは銭が欲しいわ。せっかく安く買うたのにこれじゃ丸損や」

やれやれといった感じでそう言うカザハ。そんな彼女の顔を見たヴォルフがツッコミを入れる。

「おいおいカザハ、お前顔赤いぞ。なんだ照れてんのか？」

「う、うるさいなあ。赤くなんてなっとらんわ！」

そう叫んだのを皮切りに、彼らはいつもの騒がしさを取り戻す。喧騒《けんそう》の中、少女だけは静かに、そして幸せそうに眠るのだった。

◇　◇　◇

騒動があった翌日。ルイシャは一人でとある場所に向かっていた。

「こんにちは。面会の予約をしていたルイシャ・バーディです」

「話は聞いている。入りたまえ」

鎧《よろい》姿の強面《こわもて》の番兵に通され、ルイシャは厳重に警戒されている門をくぐる。

ここは王都北部に存在する犯罪者収容施設『ノルド刑務所』だ。王都で犯罪を犯した者の大多数はここに収容されることになっている。ルイシャは刑務所の看守の案内のもと、小さな部屋に連れてこられる。

「どうぞお入りください。中でお待ちです」

看守にそう促され部屋の中に入ると、そこには囚人服に身を包んだ一人の男が椅子に座っていた。手と足には大きな枷《かせ》が取り付けられており少し窮屈そうだ。

「む、来たか。わざわざこんな所まで足を運んでいただき感謝する」

「いえ、いいんですよコジロウさん。どうせ学園は休みになってしまって暇なので」

なんとそこには元気そうなコジロウがいた。

脱法奴隷紋の効果で生死を彷徨《さまよ》った彼だが、ルイシャはとある技で奴隷紋を消すことに成功していた。

その技は『魔煌閃《サタンズ・レイ》』。奴隷紋は魔力を使って行う契約だということに気づいたルイシャは指先に小さな魔煌閃を作り、それを奴隷紋に押し当て消すことに成功したのだ。

正規の手順で刻まれた奴隷紋は魂と繋《つな》がっているため消すのは難しいが、コジロウに刻まれていたのは粗悪な脱法奴隷紋であったため消すことが出来たのだ。

奴隷紋が消えたことでコジロウの体調は急速によくなり今では以前と同じ生活を送れるようになっていた。

ルイシャはコジロウの机を挟んで反対側の椅子に腰を下ろす。部屋には二人の他に看守もおり、緊張した面持ちでコジロウを見張っている。

「頭の痛い話だ。レーガス殿にも悪いことをした」

コジロウの起こした騒動のせいで魔法学園はしばらく休校になった。王子が襲われるということはそれほどの大事件であり、レーガスはその犯人を学園内に招き入れた者として色んなところで頭を下げることになってしまった。

「本来なら辞職はもちろん重い罰を受けなければいけないらしいのですが、被害者であるユーリが先生を擁護しているので担任を外れることはなさそうです。反省文は分厚くなりそうですけどね」

「そう……か。こんなことを言える立場ではないが、本当によかった……」

コジロウは目を伏せ、安堵《あんど》のため息をつく。そしてしばらくの沈黙の後、椅子から立ち上がると床に正座し頭を下げて床に付ける。いわゆる土下座という姿勢だ。

「拙者の娘……フユの病気を治してくれたと先ほど看守殿から伺った。あの狼藉者《ろうぜきもの》どもから救っていただいただけでなく、病気まで治していただけるとはどれだけ感謝してもし足りぬ……本当に……本当に……ありがとう」

大粒の涙を流しながらコジロウは掠《かす》れるような声で礼を言い続ける。彼に出来る罪滅ぼしはそれしかなかった。

ルイシャはそんな彼のもとにしゃがみ込むと、震える彼の肩にそっと手を乗せる。

「いいんですよコジロウさん、僕は当然のことをしたまでですから」

ルイシャの手から伝わる体温と、優しい言葉がコジロウの凍《い》てついた心を優しく解きほぐしていく。これほど穏やかな気持ちになれたのは妻が生きていた頃以来だった。

「この恩は決して忘れぬ。いつか絶対に必ず返させていただく。我が将紋《しょうもん》に誓ってな」

「はい、フユちゃんに会うためにも早く出てきてくださいね」

二人は再会することを約束すると、固く握手を交わすのであった。

◇　◇　◇

コジロウに会いに行ったその日の夜、ルイシャは自室で体を休めていた。

「ふぃー、今日も疲れた」

ダンジョン探索から息つく暇もなくコジロウとの戦いがあり、更に今日もコジロウの面会と今回の件の事情説明で一日が潰れてしまった。おかげで体はヘロヘロ、まだ寝るには早い時間だけど寝ようかなと思い部屋の灯《あか》りを消すとコンコン、と窓ガラスを叩《たた》く音が鳴る。

「失礼します、夜遅く申し訳ありません」

そう言って窓を開け部屋中に入ってきたのはアイリスだった。彼女は素早く部屋の中に入ると窓を閉める。その姿はいつもの制服姿ではなく吸血鬼の正装であり、羽と尻尾も生やしていた。この姿が一番落ち着くようで人目のつかない夜などはこの姿で歩いているらしい。

「あれ、どうしたのアイリス？」

「中間報告に参りました。仲間が先ほど来たので」

「あー、なるほど。アイリスも疲れてるだろうに悪いね」

「いえ、私の疲れなどルイシャ様に比べたら大したことありません」

アイリスの言う『報告』とは、勇者の遺物の情報のことだ。現在彼女の仲間の吸血鬼たちは大陸各地に赴き情報収集をしている。足が速く隠密《おんみつ》行動に長《た》け戦闘能力も高い吸血鬼は、諜報《ちょうほう》活動のスペシャリストと言えよう。それに彼らは長年魔王の情報を追っていたので情報収集はお手の物だ。

彼らの方からルイシャの手伝いをしたいと申し出てきたので、ルイシャはありがたくお願いしたのだった。

「どう、何か進展はあった？」

ルイシャはベッドに座りながら話を聞く。アイリスはそんな彼の前に跪《ひざまず》き報告をしようとするのでルイシャはそれを止める。

「ちょっとそんなにかしこまらなくてもいいから座りなよ、僕たちはクラスメイトでもあるんだからさ」

「しかし……」

あくまで主従関係でいたい彼女はその提案に渋るが、いい考えを思いついたのか「かしこまりました」と言う。

「それでは失礼します」

そう言って彼女はベッドに座るルイシャの隣に座ってきた。しかも脚と脚がピッタリくっつくほど近いの距離感だ。体にアイリスの体温が、鼻には彼女のいい匂いが入ってきてルイシャはドキドキしてしまう。

「ちょ、ちょっと近くない!?」

「そうでしょうか……？　すみません、あまり人と触れ合わないので距離感が分からなくて」

そうとぼけたように言いながらアイリスはルイシャに体をぐいぐいと押しつけ彼の顔を覗《のぞ》き込む。吸血鬼は美男美女の多い種族だが、その中でもアイリスはとびきりの美人だ。そんな彼女に体を押し付けられ、顔を近づけられたらどうしても意識してしまう。

「それでは報告しますね……」

アイリスは体を密着させながら仲間から聞いた情報をルイシャに伝え始める。だがとてもじゃないがルイシャは話に集中出来なかった。暗い部屋で超のつく美少女と二人きり、しかもベッドの上に座ってるとなればやましい想像をしてしまうのも健全な男子生徒であれば仕方のないことだろう。

「……大丈夫ですか？」

「う、うん大丈夫だよ！　それでなんの話だっけ!?」

「むう、聞いておられないではないですか」

「は、ははは、ごめんね。今度はちゃんと聞くからもう一回いい？」

「――――分かりました。それでは今度は聞き漏らさないようにお話ししますね」

アイリスはそう言って背筋が痺《しび》れるほど妖艶な笑みを浮かべると、いきなりルイシャの膝の上に乗ってしまう。しかも背中を向ける形ではなく、お互い向かい合うように。当然そのように座ればまるで抱き合っているかのような体勢になってしまう。

「ちょ、いきなりどうしたの!?」

「ふふ、ルイシャ様がお話をお聞きにならないからですよ？　だからこうして近くまで来たんじゃないですか」

向かい合う二人の顔はとても近く、少し前に行ったら唇が触れ合ってしまいそうなほどだ。そんな至近距離でアイリスの顔を見たことのないルイシャは緊張し視線が泳ぐ。

「だ、だめだよこんなことしちゃ。もっと自分の体は大事にしないと」

「ふふ、お優しいんですね。私はそんなところに惹《ひ》かれたのかもしれません」

「……へ？」

アイリスの突然の言葉にルイシャはきょとんとした顔をする。彼女の好意はあくまで主従のもので男女間の好意を寄せられているとは思っていなかったのだ。

「確かに最初は尊敬の気持ちだけでした。偉大なるお方の伴侶、その手助けが出来るというだけで満足でした」

「……うん」

「でも共に過ごしていく内に……その強さと優しさに触れていく内に、私はルイシャ様の姿を見るだけで胸の奥が熱くなるようになってしまいました。そして最初は疎ましく思っていただけの勇者の末裔《まつえい》に嫉妬するようになりました」

そう語る彼女の頬は真っ赤に紅潮していた。

「分不相応なのは理解しております。でも……もし、嫌でなければ私の思いを受け止めていただけないでしょうか？」

アイリスはそう言うと目を瞑《つぶ》り、ゆっくりとその端整な顔を近づけてくる。

振り払うのは簡単だ。しかし彼女の想《おも》いをそう簡単に押しのけることは出来なかった。そして何よりルイシャも彼女のそのまっすぐな想いに心を打たれ、惹かれてしまった。その結果、眼前に近づく彼女の綺麗《きれい》な顔に目を奪われ身動きが取れなくなってしまった。

そしてその結果、二人の唇はゆっくりと重ね合わされる。アイリスは「ん……」と短く声を漏らすと、ルイシャの背中に手を回し腕に力を込めて抱きしめる。

優しくも情熱的なそのキスにルイシャは脳が痺れるような快感を覚える。

（あ、これはだめなやつだ……）

気づけば抵抗するどころか彼女の腰に手を回し、強く抱きしめていた。それに気づいたアイリスは目をとろんと溶かし、更に情熱的にキスをする。

「んちゅ……ぷは、うれしいです……ちゅ」

愛の言葉を口にしながら唇を重ねてくる彼女にルイシャも深い愛情を覚え、お互いに激しく唇を重ね合わせる。

いったいどれだけの時間そうしていただろうか。数分か、それとも数時間か。激しく求め合った二人は少し名残を惜しむように唇を離すと赤い顔同士で見つめ合う。

「私の気持ちを受け取ってくださりありがとうございます。本当に嬉《うれ》しいです」

「僕の方こそアイリスみたいな子にこんなに想われて光栄だよ」

二人は手を絡ませながらお互いの想いを重ね合わせる。二人の師匠とシャロに申し訳なさを感じつつも、ルイシャは彼女とも関係を結ぶ覚悟を決める。

「じゃあアイリス、一回上から降りてくれる？　この体勢じゃ動けないよ」

「いえ……その心配には及びません」

次の瞬間ルイシャはものすごい勢いでアイリスに押し倒されベッドの上に仰向《あおむ》けになってしまう。そしてアイリスは四《よ》つん這《ば》いで彼の上に覆い被《かぶ》さると、深紅の唇を舌でペロリと湿らせる。

「すみませんルイシャ様、実は一つだけ……黙っていたことがあるんです」

「へ？　黙ってたこと……？」

突然の事態についていけないルイシャに、アイリスは嗜虐《しぎゃく》的な笑みを浮かべながら答える。

「実は……初めて会った時からその可愛《かわい》らしいお顔に見惚《みと》れていたのです」

「えぇ!? 初めて話しかけた時思い切り無視してたじゃん!」

「すみません、恥ずかしくてつい無視してしまいました……」

「えぇ……」

恥ずかしそうに身を捩《よじ》るアイリスを見てルイシャは困惑する。まさかクールな彼女が自分をそんなふうに見ていたなんて想像だにしなかった。

「こんな可愛らしいお方と敵対しなきゃいけないなんて悲しく思っていましたが、運命とは数奇なものです。まさかこのような関係になれるだなんて……♡」

アイリスは瞳に♡を浮かべながらルイシャの頰をゆっくりと撫《な》でる。そのじっくりと味わうかのような指使いにルイシャはぶるるっ! と背筋が痺れる。

「ちょっと……アイリス? 目が怖いよ……?」

「ああ、なんと愛《う》いお顔でしょうか……ずっと、ずっとそのお顔を私の手で赤く染め上げたかったのです……♡」

そう言ってアイリスは自らの服をはだけさせ、白磁のように白く美しい肌を露出させる。

そしてゆっくりとルイシャの上に覆い被さる。彼女に美味《おい》しくいただかれてしまう未来を避けられぬと察したルイシャは「あの……お手柔らかにお願いします」とせめてものお願いをする。

アイリスはそのお願いにをニッコリと笑みを浮かべながら答える。

「申し訳ありませんが、そのお願いだけは聞くことが出来ません……♡」

我慢の限界を迎えたアイリスは、その夜溢《あふ》れんばかりの想いをルイシャにぶつけるのだった。

閑話　少女と大豊穣祭とプチ逃避行

　コジロウとの戦いが終わって数日が経《た》ち、すっかり王都に平穏が訪れたある日の夜。

　女子寮の自室で枕をぼふぼふと殴りながら、とある人物が文句を言っていた。

「あーもうむかつく！　なんなのあいつ！」

　そう言って彼女、シャルロッテ・ユーデリアは拳を震わせながら一人悶々《もんもん》とした夜を過ごしていた。

　彼女が文句を言っている相手は最近ルイシャにべったりなアイリスのことだ。いくらシャロが離れろと言ってもアイリスはそれを聞き入れずルイシャの側《そば》を離れなかった。

　いくら言っても聞かないので力に物を言わせようとしたこともあったのだが、高い身体能力を持つアイリスはシャロの攻撃をのらりくらりと躱《かわ》してしまった。

「はあ、へこむ……」

　シャロは自分の無力感に打ちひしがれながら、寮の郵便受けに入っていた郵便物を確認する。

　学生寮には様々なチラシが投函《とうかん》される。学生向けの行事開催情報や学生の好きそうな商品やお店のチラシなど、学生が気になるものが入ってるのでシャロもよく確認するのだ。

「へえ、新しい洋服屋が出来たのね……あ、ここのカフェお洒落《しゃれ》ね」

一人でぶつぶつと呟《つぶや》きながらチラシを眺めていくと、あるチラシに目が留まる。

「ん？　これは……」

シャロの目に留まったのは近くの国で開催されるお祭りの広告だった。

『商国ブルム』と呼ばれるその国では、年に一度商売の神様に感謝を捧《ささ》げるお祭りがある。

国の至る所に露天が並び、大陸各地の珍味を食べたり珍しい商品や魔道具を買うことが出来る。

三日間続くその『大豊穣祭《だいほうじょうさい》』は、チラシによると次の休みの日から始まるようだった。

小さい頃はよく親に連れられこの祭りに行っていたシャロだが、最近は行く機会もだいぶ減ってしまっていた。

「そうだ、このお祭りなら邪魔も入らずルイと遊べるじゃない！　ふふ、我ながらいい考えね。ルイに誰が本当の彼女なのか教えてやらなくちゃ！」

シャロは早速どこをどう回るかウキウキで予定を組み始めるのだった。

◇　◇　◇

「ふんふふーん♪」

鼻歌を歌いながらご機嫌な様子で歩くのは、メイド服姿のアイリス。

彼女がこんなに気分よく向かう場所はただ一つ、ルイシャの部屋だけだ。学園のある日はあまりお世話をすることが出来ないので、学園が休みの日はご奉仕しまくる予定なのだ。

ちなみに男性寮は原則として女子が入ることは禁止されている。しかしアイリスはそんなこと一切気にせず何度も侵入している。人並外れた隠密《おんみつ》能力を持つ彼女は人目につくことなく素早く忍びこめてしまうのだ。

「ふふ、この時間ならルイシャ様はまだ寝ておられるはず……朝からあの可愛らしい寝顔を拝めるとは役得ですね……」

紅潮した顔を緩ませながら、アイリスは慣れた手つきでルイシャの部屋のドアの鍵を爪でガチャガチャいじり、ものの数秒で開ける。

そしてまだ寝ているであろう主人を起こさぬようゆっくりとドアを開ける。

「……しつれいしまぁす」

小声でそう言いながらそろりと部屋に入り込む。

そんな彼女の目に飛び込んできたのは誰もいない空っぽの部屋だった。

「…………あれ？　ルイシャ様？」

いないだけであれば早起きして鍛錬しに出かけたのかと思うのだが、部屋の中は明らかに普段とは違っていた。窓は開けっぱなしで、布団は飛び起きたようにぐちゃぐちゃになったまま。ルイシャは部屋をこんな状態にしたまま出かけるような性格じゃないことを知っているアイリスは強い不安感に襲われる。

「ど、どこにおられるのですかルイシャ様!?」

慌ててベッドの下や机の下など部屋をくまなく捜すが、一向にルイシャは見つからない。

「いったいどこに……おや?」

ふと机の上に何かを発見した彼女は机に近づきその上に置いてある紙に目を通す。

「これは……書き置きでしょうか。なになに……」

『ルイシャはもらってくわ!

私たちは楽しんでくるから部屋の掃除よろしく!

ルイシャの恋人シャルロッテ・ユーデリアより』

「………は?」

その書き置きを見たアイリスは怒りに手を震わせ、その書き置きをビリビリと力任せに引き裂く。

「なるほど……一本取られましたね……!」

アイリスは悪魔も逃げ出すような恐ろしい形相で窓の外を睨《にら》みつける。

（ベッドに熱が残っていないことから察するにだいぶ前に部屋を出たようですね。となると今から捜しても見つかる場所にはいないでしょう……。悔しいですが今回は負けのようですね）

アイリスは己の不甲斐《ふがい》なさを呪いながら荒れた部屋を片付け始める。

「いいでしょう。あなたを敵として認めます。次は容赦しません……!!」

シャロを恋のライバルとして認めたアイリスは、復讐《ふくしゅう》を誓うのだった。

◆　◆　◆

アイリスがルイシャの部屋を訪れる三時間ほど前。

まだ日が昇って間もない早朝にシャロはルイシャの部屋を訪れていた。わざわざ人の目を避けながら正面から入るような面倒くさい真似《まね》を彼女はしない。三階のルイシャの部屋の高さまで助走をつけてジャンプして窓枠のわずかな突起に指をかけると、軽やかな身のこなしで窓を開けて入ってきた。

ワイズパロットのパロムがよく来るため、ルイシャは窓の鍵を閉めていない。シャロはそれを知っていたのだ。

「やっほー。おはよ、ルイ」

すたっと部屋中に入り込んだシャロは寝ているルイシャを揺さぶって起こす。

「……ん、え？　しゃろ？　なにこれ、ゆめ？」

半開きの目を擦《こす》りながらルイシャはむくっと起き上がる。

「なーに寝ぼけたこと言ってんのよ。ほら、早く出発するからとっとと着替えなさい」

シャロはそう言ってまだ完全に覚醒していないルイシャをベッドから起こして出発の準備をさせる。

「ちょ、ちょっと待って！　もしかしてこれって夢じゃないの!?」

「馬鹿なこと言ってないで早く着替えて！　早くしないとあいつが来ちゃうから！」

「あいつって誰!?」

突然の出来事に混乱するルイシャだが、シャロがものすごい剣幕で急《せ》かしてくるので仕方なく外出の準備をする。

その甲斐《かい》あってシャロが部屋に突入してから十分ほどで準備が完了する。中々のタイムにシャロも満足そうに頷《うなず》く。

「よし。準備出来たわね。じゃあさっさと行くわよ」

そう言ってシャロは窓枠に再び足をかける。

「え、窓から行くの!?　普通に行けばよくない？」

「そんなことしたらあいつに見つかっちゃうかもしれないじゃない！　ほらさっさと行く

わよ！」

「だからあいつって誰なの!?」

戸惑いながらもシャロに手を引かれルイシャは窓から外に飛び出し、軽やかに地面に着地すると、そのまま走り出して先行するシャロを追いかける。

「ああもう！　行けばいいんでしょ!?　ちゃんと後で教えてよね！」

「ふふ、ようやく行く気になったみたいね。飛ばすからしっかりついてきなさい!!」

そう言ってシャロは速度を上げ、人通りの少ない朝の通りを駆け抜ける。

こうして二人の小旅行は幕を開けたのだった。

◇　◇　◇

二人の目的地『商国ブルム』は王国から馬車で二日かかるほど遠い。

しかしそれは馬車での話。なんの荷物もない二人にとってその距離はたいしたものではない。大地を蹴り、木を飛び越え、岸壁を走り抜けることが出来る二人にとってその道のりはハイキングに等しいものだった。

そして王都を出て二時間もすると、二人の前にお目当ての国が現れてくる。

「見えてきたわね。あれが『商国ブルム』よ」

「あれがブルム！　話では聞いたことあるけど見るのは初めてだよ！」

二人の目の前に広がるのは陸に鎮座する多数の船、船、船。

それらの船は座礁してる訳ではなく、建物として使われている。ある船は商店に、またある船は民家などその用途は様々だ。

船を家として使う風習のあるこの国は『陸の港』の異名も持っている。

「すごい！　こんなにたくさんの船初めて見た！」

年相応にはしゃぐルイシャ。

楽しそうにする彼を見てシャロも嬉《うれ》しそうに微笑《ほほえ》む。

「ふふ、こんなので驚いてたらキリがないわよルイ。なんたって今は一年の中で一番盛り上がるお祭りの真っ最中だからね」

「お祭り!?　こんなに大きなお祭りに参加するの初めてだよ！　楽しみだなあ！」

お祭りと聞いてルイシャのテンションは高くなる。ワクワクを堪《こら》えきれなくなった彼はシャロの手をガシッと摑《つか》み走り出そうとする。

「ほら！　早く行こうよ」

突然力強く手を摑まれたシャロは驚いて「ひゃ、ひゃい！」と情けない声で返事をしてしまう。

しかしルイシャはそんなことは気にせず走り出す。ぎゅうっと握られた自分の手を見ながら彼女は思った。ああ、本当に来てよかった――、と。

◇　◇　◇

商国の中は人でごった返していた。

この日は大陸中だけでなく他の大陸からも人の集まる『大豊穣祭』の初日。いい物は早く売れてしまうので目利きの商人たちは我先にとやってきて掘り出し物を探しているのだ。

もちろんそれだけじゃなく、ただ楽しみに来ている観光客もたくさんいる。

「うわーすごい人！　王都でもこんなにたくさんの人見たことないよ！」

「普段は王都の方が人は多いんだけど今日はお祭りだからね。いつもの三倍に人が増えるらしいわよ」

「三倍！　それはスゴいね！　早くどっか行こうよ！」

「ふふ、まあ落ち着きなさいって。お祭りは逃げないわ」

そう言ってシャロはポケットから小さな紙を取り出す。

「昨日ルイが好きそうなお店をピックアップしといたわ。これを回りましょ」

そこには珍しい魔道具を置いてる店や、勇者に関連する物が置かれてる店、他にも魔法に関する本の店などルイシャの興味を引きそうな店がたくさん書かれていた。

昨日の夜、シャロは寝る間も惜しんでルイシャの好きそうな店を探していたのだ。

その紙に書かれたラインナップを見たルイシャは目を輝かせる。

「す、すごいよシャロ！　こんなに楽しそうなお店がたくさんあるなんて！　早く行こうよ！」

「しょうがないわねえ。付き合ってあげるわよ」

しょうがないと言いつつもシャロの口元は緩みっぱなしだ。

最近はあまり二人きりになる機会がなかったので楽しくて仕方がないのだ。

「ようし！　楽しむぞう！」

「こ、こら！　待ちなさいって！」

こうして二人のデートは賑《にぎ》やかに始まったのだった。

◇　◇　◇

シャロのピックアップした店はことごとくルイシャのツボにはまり、デートはとても盛り上がった。

「ねえ！　この小さな壺《つぼ》、魔力を込めると臭いにおいがするんだって！」

「それいる？　何に使うのよ」

「確かに使い道はないかもだけどどんな仕組みか気になるんだよね。店主さん、これいくらですか？」

「ん？　それに目をつけるとはいい目をしてんな坊主。そうだな……本来なら銀貨五枚のところだが、特別に銀貨三枚にまけてやろう」

「銀貨三枚かあ、うーんどうしようかなあ」

魔道具に興味津々のルイシャはそれほどないお小遣いをやりくりして買い物を楽しんでいた。心底楽しそうに買い物する彼をシャロは隣で楽しそうに見ていた。

そうして何店舗も回っているとあっという間にお昼になり、朝から何も食べていなかった二人は露天で昼食をとることにする。

「はい、買ってきたよ。場所取りありがと」

「ええ、ルイシャもご苦労様。お金は後で払うわ」

たくさんのテーブルが並ぶ広場に来た二人は、テーブル争奪戦を制しなんとか食べる場所を確保していた。ルイシャが買ってきたのは新鮮な海の幸がふんだんに入っているブルム名物のスープ『海宝汁』と厚切りの肉と野菜をこれでもかとパンにサンドした『豊穣《ほうじょう》サンド』だ。どちらも大豊穣祭の目玉商品である。

「もぐもぐ……ごくん。これすっごい美味《おい》しいね！　これなら午後も元気に回れそうだよ！」

「久しぶりに食べたけど確かに美味しいわね。特にこの海宝汁、海が近いだけあって獲《と》れたてって感じ」

商国ブルムは海に面した都市国家だ。海路、陸路、空路、いずれにも恵まれたこの土地に目をつけたとある大商人が建国した特殊な国なのだ。大陸外の国とも積極的に交易しており、ここの港はキタリカ大陸でも最大規模だ。この大陸に住まう商人であればこの国に自分の店を持つことを誰もが一度は夢に見る。

「……ふう、お腹《なか》いっぱい。午後はどこ回ろっか？」

「あんたは余計な心配しなくていいのよ。午後の予定もバッチリ組んでるから安心しなさい」

自信満々にそう言うと、ルイシャが突然「ぷっ」と吹き出す。

「な、なに笑ってんのよ！　私変なこと言った⁉」

「ごめんごめん。なんか面白くって。こんな風に普通に遊んで、ご飯食べて、何げない会話してるとなんだか普通の学生みたいだなって」

二人の師匠を救うと決めた日からルイシャは戦い続ける覚悟をしていた。まさかこのような平和で幸せな時間を過ごせる日が来るなんて思ってもいなかったのだ。

「……馬鹿ね。確かに私たちは少し普通じゃないかもしれない。でもだからって普通の幸せを味わっちゃいけないわけじゃないでしょ？　むしろ頑張ってる分他の人より楽しむ権利があるわ」

「そっか……そうだよね。難しく考えすぎてたみたいだよ」

「ふん、分かればいいのよ。いつまでも下らないこと考えないでそろそろ行きましょ。私はまだまだ楽しみ足りないんだから！」

「うん！」

二人は大変だった幼少期を取り戻すかのように青春を謳歌《おうか》した。たくさん笑って騒いで楽しんだ。楽しい時間というのはあっという間に過ぎるもので気づけば空は橙《だいだい》色に染まってしまう。

ルイシャはあと何店回れるかな、と考えながら歩いていると不意に後ろから声を投げかけられる。

「……ルイシャ？」

その声が耳に届いた瞬間、ルイシャの足が止まる。

一気に記憶が呼び起こされる感覚。彼はその声を知っていた。否、忘れられるはずがない。なぜならこの声の持ち主はルイシャが現実世界で最も長く時間を過ごした人物だからだ。

ルイシャの急な変化に気づいたシャロは「ねえルイどうしたの!?」と声をかけるが、ルイシャはその場に立ち止まったまま動かない。こんな状態の彼を見るのは初めてだった。

しかしそんなことは気にせず声の主は二人に近づいてくる。

「……やっぱりルイシャだあ。捜したよ、本当に」

ねっとりとした声を出しながら、その声の主はゆっくりと近づいてくる。

ルイシャはゆっくりと深呼吸して体勢を整えると、意を決し振り返る。

その先には――――よく知った人物がいた。

「エレナ……なんでここに……!?」

彼女の名前は『〝神童〟エレナ・バーンウッド』。ルイシャの幼馴染《おさななじみ》である彼女は、ルイシャがケベク村を出て無限牢獄《ろうごく》に迷い込むキッカケを作った張本人だ。

燃え盛る炎のように赤い髪に強気な目、そして細く引き締まった体と整った顔立ちは村にいた頃と変わっていない。しかしその服装は昔とずいぶん印象が異なっていた。

彼女は赤を基調とした動きやすそうな服を着ており。更に両手両足と胸と腰に赤い鎧《よろい》を装備していた。そして腰には黒い剣を携えている。

そして何よりルイシャが注目したのが首からぶら下げている銀色のタグ。それは彼女が冒険者になったという証《あかし》だ。

「……まさかこんな所で会うとはね。冒険者になってるなんて驚きだよ」

「お金は稼げるし色んな国に入れるしで冒険者は都合がよかったの……あんたを捜すにはね」

エレナはまるで獲物を見つけた捕食者のような目つきでルイシャを睨《にら》み付ける。彼女の瞳に蛇に睨まれたカエルのように固まってしまう。

「ここ二ヶ月、あんたを捜して色んな国を回ったわ。旅のお金を稼ぐために色々依頼をこなしていたらいつの間にか銀等級冒険者になってたの。やっぱり私って強いみたい」

冒険者のランクは鉄等級から始まり、銅等級、銀等級、金等級、白金等級と上がっていく。

ちなみに銀等級はベテラン冒険者と言えるランクだ。とても十代の少女が数ヶ月で到達出来るランクではない。

「人の集まるお祭りなら会えるかもしれないと思って来たのだけど、まさか本当に会えるなんてね。さあルイシャ、こっちに来なさい」

そう言ってエレナはルイシャに向かって手を差し伸べる。当然ルイシャはその手を握らなかった。

「どうしたのルイシャ？　私と一緒に来なさい。今なら私に反抗したことも大目に見てあげる。だから早くこっちに来なさい。幼馴染みである私が前みたいに守ってあげるから」

「守る、だって？」

今まで黙って聞いてたルイシャだがその言葉には黙っていることが出来なかった。

「『守る』じゃなくて『支配する』の間違いだろ？」

「ふふ、その二つはどちらも本質的には同じよ。お子ちゃまなルイシャには分からないでしょうけどね」

「違う。『守る』の原動力は『愛』。でもエレナの行動に僕は一度もそんなもの感じなかった！　あるのは独りよがりな『支配欲』だけだ！」

「なんですって……!?」

ルイシャの言葉に、エレナは額に青筋を浮かべてキレる。

自分がルイシャにこだわる理由は「支配欲」であり「独占欲」であることを彼女は心の奥底では理解していた。自分のそんな汚いドロドロした部分を突かれた彼女の怒りの炎は激しく燃え盛ってしまう。

「分かった、そんなに痛い思いをしたいんだったらお仕置きしてあげる。そうすれば誰があんたのご主人様か思い出せるでしょ……！」

一歩、また一歩と近づいてくるエレナにルイシャは身構える。

実力で言えばルイシャの方が上だろう。しかしルイシャはエレナから得体の知れない気持ち悪さを感じていた。それが彼女の狂気的なまでの支配欲によるものなのか自分のトラウマからくる幻のようなものなのかは分からないが、ルイシャは非常に戦いにくさを感じていた。

「ぐっ……！」

「そんなに怯《おび》えなくても大丈夫、優しく虐《いじ》めてあげるから……！」

嗜虐《しぎゃく》的な笑みを浮かべながらゆっくりと近づいてくるエレナ。そんな彼女を前にしてルイシャは動けなくなってしまっていた。

このままでマズい。そう思った瞬間二人の間にずいっと誰かが割り込んでくる。

「ちょっと待ちなさいよ。その話、私も交ぜてもらえるかしら」

そう言って敵意剝《む》き出しで割り込んできたのはもちろんシャロだ。

エレナはルイシャに夢中でシャロがいたことに気づいておらず、突然割り込んできた彼女に少し驚く。

「……あら、どちら様？　もしかしてルイシャのお友達？　だったらごめんなさい、申し訳ないんですけど二度とルイシャに会わないでもらえますか？　こいつの面倒は私がずうっと見るので安心して絶縁してくださいね」

「うわ、こんなイカれた奴《やつ》に付き纏《まと》われてたのねルイ。同情するわ」

その言い草にエレナは眉をひそめる。

ちなみに引っかかったのは「イカれた奴」ではなく「ルイ」と親しげにルイシャを呼んだことに対してだ。

「……あんたいったいルイシャのなんなの？　答えようによってはただじゃ済まさないわよ」

「あら気になる？　じゃあ教えてあげる」

殺意を込めた視線を全身に浴びながらもシャロは怯《ひる》まない。

彼女は見せつけるようにルイシャの肩に腕を回し、ぎゅっとルイシャを自分のもとに引き寄せると彼の頬に優しくキスをする。

「私とルイはこういう関係なの。楽しい楽しいデート中だから邪魔しないで貰《もら》える？　ただの幼馴染さん」

「あんた……そんなに死にたいの……!?」

「こわいこわい、そんなだから愛想を尽かされるのよ」

シャロはルイシャに甘えるように引っ付きながらエレナを煽《あお》り倒す。その効果は覿面《てきめん》でエレナの怒りは頂点に達し全身から殺意が漏れ出ている。

「ルイシャ、これが最後の警告よ。そのクソ女じゃなく私を選びなさい。さもないと……両方殺さなきゃいけなくなっちゃう」

「ふん、御託はいいからさっさとかかってきなさい。ビビっちゃったなら村に逃げ帰ってもいいのよ？」

「そう、そんなに死にたいんだったら……ぶち殺してあげるわクソ女ァッ!!」

辺りに響きわたるエレナの怒号。それを聞いた通行人たちは只事《ただごと》じゃないと察知し悲鳴を上げながら逃げ出していく。

そんな中エレナは腰に差していた剣を抜き放つ。長さ八十センチほどのブロードソードだ。一切飾りけのないその剣は相手を殺すことに特化しており遊び心は一切ない。

「死ねっ！」

ものすごい速さでシャロに襲いかかるエレナ。

しかしそんな状況にもかかわらずシャロは落ち着いていた。

「ようやくやる気になったようね。いいわ、遊んであげる」

シャロはルイシャをその場に待機させると、自らも剣を抜き放つ。

名剣『フラウ＝ソラウス』。勇者オーガが使っていたと言われる逸品だ。

「見てなさいルイシャ。あんたの因縁、私が断ち切ってあげる」

「へえ、私とやろうってんだ？　いい度胸ね、その思い上がり叩《たた》き直してあげる……！」

剣に殺気を宿らせ、エレナは斬りかかってくる。

それを見たルイシャは「速い！」と驚愕《きょうがく》する。村にいた頃から強かったエレナだが、今の強さはその時の比ではなかった。

今まではその才能の上に胡座《あぐら》をかいていた彼女だが、ルイシャを見つけるためエレナはこの二ヶ月生まれて初めて努力をした。

更に冒険者生活での実戦の日々は、燻《くすぶ》っていた原石を宝石へと磨き上げた。

「死にな……さいッ!!」

遠慮なく放たれる横薙《よこな》ぎの一閃《いっせん》。

常人であれば視認することも出来ないその剣閃《けんせん》だが、シャロはそれをしっかりと見極めると剣の腹で滑るように受け止める。

「確かに速くて重い剣ね、でも動きが単純よ」

「……黙れッ!!」

挑発を受けて更に勢いを増すエレナの剣戟《けんげき》。

まるで雨のように降り注ぐその斬撃をシャロは冷静に全て受け流していた。

「クソッ!! なんで当たらない!?」

歯噛《はが》みするエレナ。

自分の攻撃が当たらないことに苛立《いらだ》つ彼女の攻撃は段々大振りになってくる。その隙をシャロは見逃さなかった。

「――――そこっ!!」

剣戟の間を縫い、シャロは鋭い蹴りを放つ。

エレナの右脇腹に命中したその蹴りのダメージは肉を貫通し、内臓にまで達する。

「ぐッ……!!」

思いもよらぬ反撃にエレナは苦悶《くもん》の表情を浮かべ、呻《うめ》きを漏らす。ここが攻め時と判断したシャロは剣を握る手に力を込め一気に攻め立てる。

「桜華勇心流……勇桜邁進!」

まるで風に吹かれて舞う桜吹雪の如《ごと》き量と勢いの斬撃を繰り出す。

エレナはその猛攻撃を持ち前の反射神経で受け止めようとするが、すぐに押され始めてしまう。

「ぐ、こんな奴にぃ……!!」

防ぎきれなかった斬撃がエレナの肌を薄く斬りつける。

このままではマズいと悟ったエレナは後ろに飛びすさり、斬撃の雨から逃れる。

「あら、降参かしら?」

「ふぅ、ふぅ、そんな、わけ、ないでしょ!」

肩で息をするエレナに対しシャロは涼しい顔。どちらが優勢かは明白だ。

「絶対にお前だけは許さないっ……!! よくも私のルイシャを誑《たぶら》かしてくれたわね……!!」

依然見当違いの怒りを向けるエレナを、シャロは哀れみの籠《こ》もった目で見る。

もしかしたら私もああなってたかもしれない。エレナを見てシャロはそう感じていた。

自分の才能に驕《おご》り、気に入らないことがあると癇癪《かんしゃく》を起こして力で解決しようとする。

あいつの今の姿は入学試験でルイシャに因縁をつけた自分に似ている。

もしルイに出会って変わらなかったら自分もああなっていたかもしれない。

だから同情はする……でもだからといって手心は加えられない。私とあんたは違う道を選んだのだから。あんたが出来なかった分も私がルイシャを守ってみせる。

シャロは今一度エレナを倒す決心をすると、剣を鞘《さや》に戻した。

それを見たエレナは戸惑う。

「……なんのつもり？」

「あらごめんなさい。来ないから負けを認めたのかと思ったわ」

「――――――ッッッ!! 殺すッ!!」

恐ろしい形相で突っ込んでくるエレナ。

しかしそれこそシャロの思《おも》う壺《つぼ》。怒りに身を任せた攻撃ほど見極めやすいものはない。

エレナの動きを完全に見極めたシャロは渾身《こんしん》の居合いを放つ。

「桜花勇心流――――桜花一閃」

超高速の横薙ぎの一閃はエレナの剣戟を弾《はじ》き飛ばす。単純な膂力《りょりょく》で言えばエレナはシャロを上回っていたが、シャロの研ぎ澄まされた技はその実力差を覆したのだ。

シャロはエレナが体勢を崩したのを確認すると一気に彼女に駆け寄る。そしてエレナの頭の高さまで跳躍すると全身のバネを使って渾身の回し蹴りを放つ！

「気功術、攻式三ノ型……不知火《しらぬい》ッ!!」

超高速で放たれたシャロの蹴りは摩擦で火を帯びる。

紅蓮《ぐれん》の矢と化したその蹴りはピンポイントでエレナの顎に命中し、打ち抜く。

「がっ……」

そう呻いたエレナは、自分が何をされたのか理解する間もなく意識を失い地面に倒れる。

エレナの顎を襲った衝撃は彼女の脳を高速で揺すり、脳震盪《のうしんとう》を引き起こしたのだ。

空中で見事な蹴りを放ったシャロはスタッと綺麗《きれい》に着地する。そしてルイシャの方を振り返るとVサインを送り「いえいっ」と無邪気な笑みを向けるのだった。

◇　◇　◇

「あーあ、結局全部は回れなかったわね」

「はは、まああんなことがあればね」

その日の夜。

ルイシャとシャロは人通りの少なくなった夜の王都を歩いていた。

エレナとの戦闘に勝ったシャロだが、そこで商国の警備兵が来てしまいデートは中断されてしまったのだ。

悪いのは明らかにエレナだが、側《はた》から見たら二人とも急に街中で暴れ始めた迷惑者だ。弁明しても捕まってしまう可能性が高い。

そう考えた二人は一目散にその場から逃げ出し王都に帰ってきたのだ。

「はあ、こりゃしばらくは商国に行けないわね」

「まあまあ。捕まらなかったからいいじゃないか」

いじけるシャロをルイシャは慰める。

しかしそれでもシャロの顔は浮かない。

「ごめんねルイ。せっかくのお祭りだったのに私のせいで台無しにしちゃって……」

「そんな、やめてよ。僕の方こそ僕の因縁に巻き込んじゃってごめん。まさかあんな所でエレナに会うなんて……」

「そんなこと気にしなくていいわ。私ああいう奴嫌いなの、ぶっ飛ばせてスッキリしたわ」

「はは、シャロらしいや。僕もあの見事な蹴りを見て気持ちが晴れたよ」

「でしょ？　ルイを苦しめた報いよ。ざまあみやがれってのよ」

そう言って二人は笑い合う。

もうさっきまでの暗い空気は消え失《う》せていた。

「それよりさっきの『不知火』は凄《すご》かったね。いつの間にあんなに上達したの？」

「ふふん。私は日々成長してるのよ。いつか気功術もマスターしてみせるわ」

「はは……シャロが言うと本当にそうなりそうだね。僕もうかうかしてられないや」

強くなることに貪欲なシャロはルイシャに気功術を習っていたのだ。

まだ教えてもらって二ヶ月ほどしか経《た》ってないが、彼女の有り余る才能は気功術でも存分に発揮され、攻式守式共に三ノ型まで使えるようになっていた。

「本当にすごいよシャロは。まっすぐ前を見て強くなってる。僕もそうあろうとしてたけどエレナを見て昔を思い出したら足がすくんじゃった。やっぱり僕が強くなるなんて無理な話なのかな……」

そう自嘲するように言うルイシャ。それを見たシャロは彼の頭の上に手を伸ばし……ペシッと叩いた。

「いたっ！　なんで叩くの!?」

「馬鹿なことでウジウジと悩んでるからよ。いい？　私がまっすぐになれたのはあんたのおかげなの、あんたの強くてまっすぐなところを見たから私もそうなろうとしたの」

シャロの言葉を聞いたルイシャは驚く。彼女の口からそんなことを聞いたのは初めてのことだった。

「だからあんたは大丈夫、今日はあのクソ女に会って動揺しちゃっただけで、あんたの本質はこんなもんじゃ変わらないから安心しなさい。私が保証するわ」

「……うん、ありがとう」

シャロのなんの根拠もない「安心しなさい」にルイシャの心は救われる。そんな彼の安《あん》堵《ど》した表情を見たシャロは一安心すると、急に彼の腕に飛びつき腕を組む。

「ま、いきなり会ったことを忘れろって言っても難しいだろうから、私が忘れさせてあげる。全くルイったら世話が焼けるんだから」

「……へ？　忘れさせるってどうやって？」

「バカね、そんな方法ひとつに決まってるじゃない」

そう言ってシャロは人差し指で宿屋を指す。ルイシャはその意味に気づくと顔を赤くする。

「いや、でも……」

「なに恥ずかしがってんのよ。いいから行くわよ！」

恥ずかしがるルイシャの手を引っ張りシャロは宿屋の中に入っていく。受付でお金を払いこぢんまりとした部屋を借りると、急いでその部屋に入り備え付けベッドにルイシャを座らせる。

「思い出を上書きするにはもっと強い思い出を作ればいいと思わない？　だからあんな奴《やつ》よりもっと強烈に記憶に残る思い出を作ってあげる……」

シャロはそう言いながら服をはだけさせると、ベッドの上に座るルイシャの上に乗っかり桜色の唇を優しく押し当てキスを交わす。

そしてそのまま撫《な》でるようにルイシャの体をあちこち触り出す。

「ちょ、ちょっとそこは……」

「初めての時はいいようにやられたけど、もうそうはいかないわよ。こっちも経験を積んでどんどん強くなってるんだから」

そう言って彼女はルイシャの弱点を責め立てる。甘い快感が絶えず彼を襲い、徐々に顔が蕩《とろ》けてくる。

「いい顔になってきたじゃない。そろそろあの女のことも忘れてきたかしら」

「ううん……も、もうちょっとしないと忘れられないかな……？」

「ふふっ、何よその言い方。まったく欲しがりなんだから」

申し訳なさそうに続行をお願いするルイシャの姿に、シャロは思わず笑ってしまう。そして同時に嬉《うれ》しかった。自分のことを必要だと言ってくれることがたまらなく。

「しょうがないわね、じゃあ今日はたっぷり忘れさせてあげる。ほら、舌を出して……」

「うん……」

こうして二人の長い夜は、とても甘く更けていくのだった。

◇　◇　◇

「くそっ、くそっ、くそっ……!!」

ルイシャたちが王都に着いた頃、エレナは騒がしい夜の街を歩いていた。

蹴られた顎がジンジンと痛み、その度に自分を打ち負かしたピンク髪の女の顔が頭に浮かびイライラが募る。

シャロの攻撃を受け気絶したエレナだったが、持ち前のタフネスですぐに意識を取り戻した。

もう少しで商国の警備兵に連行されるところだったが、すんでのところで目覚めた彼女は警備兵を力ずくで振り切り商国を脱出したのだ。

現在エレナがいる場所は商国から南に位置する国『法王国アルテミシア』の領土内の街だ。

ルイシャたちが拠点とする『エクサドル王国』は商国の北に位置するため、エレナはルイシャたちとは真逆の方向に行ったことになる。

「あのピンク女は絶対に殺す……覚悟してなさい!!」

怒りに拳を振るわせるエレナ。これほどの怒りを覚えたのは初めての経験だった。

「今こうしてる間にもあの女にルイシャは穢《けが》されて……許せない……」

嫉妬の炎に身を灼《や》かれたエレナの目は正気を失っていた。

彼女のそんな異様な様子に通行人は怖がり誰も近づこうとしない。しかしそんな中で一人だけエレナに話しかけてくる人物がいた。

「もし、そこのお嬢さん少しよろしいですかな?」

話しかけてきたのはパリッとしたスーツに身を包んだ男だった。年は二十代半ばくらいだろうか、立派なアフロヘアーとそこからちょこんと出ている二本の角が特徴的だ。

「……あんた獣人？　獣人が私になんの用？」

「これは手厳しい。法王国での差別発言は重罪ですよ？」

「だからなんだってのよ。この国はダサいナンパは禁止されてないの？」

皮肉たっぷりに嫌みを言うが、獣人の男性は気に留めた様子すらなかった。

「ふふ、これはこれは口が達者なお嬢さんだ。しかしそれでこそ声をかけた甲斐《かい》があるというもの」

「回りくどい奴ね。さっさと用件を言いなさいよ」

かったるそうにエレナがそう言うと、獣人の男性は急いで自己紹介を始める。

「これは失礼しました。我が名はそう……『シープ』とお呼びください。迷える子羊を導く者です」

「……怪しすぎるわね。あんたに話すことなんて何もないわ、私は疲れてるの。じゃ」

そう言ってシープに背を向け、エレナは歩き出す。そんな彼女の背中に向かってシープは声をかける。

「憎い相手……そして取り返したい人がいる。違いますか？」

その言葉を聞きエレナはピタリと立ち止まる。

そしてバッと勢いよく振り返るとシープに勢いよく詰め寄り、その襟を掴《つか》む。

「あんた……なんでそれを？」

エレナの恐ろしい腕力で襟を掴まれているというのに、シープは涼しい顔を崩さなかった。

「ふふ、私は牧師でしてね。何千人もの悩める方を見てきたのであなたが何に悩んでいるのかが手に取るように分かるのですよ。そして私なら、いえ私たちならあなたを救える、ということも分かります」

「私を救える……ですって？」

訝《いぶか》しげに聞き返すエレナに、シープは自信たっぷりに答える。

「はい。こう見えて私はある大きな組織の偉い立場にあります。もしあなたが我々のお手伝いをしてくださるのであれば、その見返りとしてあなたの悩みを解決するお手伝いをして差し上げます。一人では解決出来ない問題も我々の力添えがあれば解決出来るでしょう。戦いは物量、大勢である我々に敵《かな》う者はいません」

エレナは悩む。

目の前の人物は怪しい、普段であれば聞く耳すら持たないだろう。しかしルイシャに出会い、みすみす取り逃してしまった彼女は焦っていた。怪しい男の言葉に乗っかってしまうほどに。

（……最悪ぶん殴って抜け出せばいいか、利用するだけ利用してやる）

エレナはそう結論づけるとシープの提案に乗ることを決める。

「分かったわ、乗ってあげる」

「おお、あなたなら必ずや受けてくださると思ってましたよ！　これぞ神のお導き、素晴らしい決断です！　では早速我らの拠点に行きましょう」

嬉しそうに歩き出すシープ。エレナはそういえば大事なことを聞いていなかったと思い、彼の背中に問いかける。

「ねえ、そういやあんたの言う組織ってなんて組織なの？」

「おおそうでした！　まだ言ってませんでしたね」

シープはエレナの方を振り返ると、満面の笑みでその質問に答えた。

「我々の偉大なる組織の名前は『創世教』といいます！　きっとあなたも気に入りますよ！」

あとがき

「まりむそ」２巻をお買い上げいただきありがとうございます。作者の熊乃《くまの》げん骨《こつ》です。


１巻から追いかけて下さった方、またお会い出来ましたね。

２巻から読んで下さった方、常識に流されない貴方《あなた》は素敵です。

そんな冗談はさておき、なんと今回のあとがきですが10ページも書いていいと言われてしまいました。当然そんなに書くことがないのでこうやってうだうだと文字数を稼いでいる次第であります。

いったい読者さんはこのページに何が書かれていたら嬉《うれ》しいのでしょう？　教えて欲しいので巻末に記載されているオーバーラップさんの住所にファンレターという形でお手紙を送って教えて頂けると幸いです（強欲）。

そんな無駄話はさておき、今回はこの本が皆様のお手に届くまでの話をさせて頂こうと思います。

そもそも本作が書籍化するお話をいただいたのは2020年4月の話でした。もう1年前の話ですが丁度その頃あのウィルスが日本で流行《はや》り出した頃です。世間にステイホームやリモートワークといった言葉が浸透していく中、本書の作業もその影響を大きく受けました。

担当編集さんとのやり取りは全てチャットか通話であり、一度もオーバーラップさんの会社に赴くことはありませんでした。

なので編集さんやイラストを描いて下さってる無望菜志《なもなし》さん、営業さんなどお世話になっている方と私は一回も顔を合わせたことがありません。それなのにこうして1つの本が完成し、読者さんのお手に届くというのはなんとも不思議な感覚です。

ネット上での繫《つな》がりのみでもこうして1つの作品を形に出来るのは素晴らしいことだと思います。ネットの力は偉大です、みなさんも偉大なネットの力を使って「まりむそ」の爆推しレビューを書いて頂けると幸いです（台無し）。

……そろそろ10ページくらいいったでしょうか？　まあいってないでしょうね……そもそもそんなに書かれていたら引かれるのではないのでしょうか。「こいつこんだけページ数使ってしょうもないことばっか書いてやがる」そう聞こえ始めたのでそろそろ筆をおこうと思います。

最後に謝辞を。

まずは本作を購入し楽しんで下さった読者さんに感謝を。この先もみなさんが面白いと思えるようなものをバシバシ書いていきますので信じてついて来て下さるとこの上なく嬉しいです。

そして今回もめちゃくちゃ可愛《かわい》く、尚且《なおか》つカッコよくキャラ達《たち》を描き上げて下さった無望菜志さん、ありがとうございます。大変な書籍化作業の中でイラストを頂ける時だけが癒しです。本当に助かってます。

そして私みたいなズブの素人に根気よく付き合って下さる編集さん、ありがとうございます。お察しだと思いますが10ページは無理でした、お願いしますぶたないでください許してください。

最後に本作に関わって下さった校正さんや営業さんなど全ての方々にお礼を申し上げ、あとがきを締めたいと思います。

また会える日を楽しみにしてます！

まりむそ
02巻!
お買いあげ
ありがとう
ございます!
無望菜志
いつか来るかもしれない
水着回に向けて…。

作品のご感想、
ファンレターをお待ちしています

あて先

〒141-0031
東京都品川区西五反田7-9-5 SGテラス5階
オーバーラップ文庫編集部
「熊乃げん骨」先生係／「無望菜志」先生係

OVERLAP

魔王と竜王に育てられた少年は学園生活を無双するようです 2

発　行　2021年4月25日　初版第一刷発行

著　者　熊乃げん骨
発行者　永田勝治
発行所　株式会社オーバーラップ
〒141-0031　東京都品川区西五反田 7-9-5
校正・DTP　株式会社鷗来堂
印刷・製本　大日本印刷株式会社

Printed in Japan　ISBN 978-4-86554-886-0 C0193

オーバーラップ文庫
重版 ヒット中!
俺は星間国家の悪徳領主!
I am the Villainous Lord of the Interstellar Nation
好き勝手に生きてやる!
なのに、なんで領民《あいつら》たち感謝してんの!?
善良に生きても報われなかった前世の反省から、「悪徳領主」を目指す星間国家の伯爵家当主リアム。彼を転生させた「案内人」は再びリアムを絶望させることが目的なんだけど、なぜかリアムの目標や「案内人」の思惑とは別にリアムは民から「名君」だと評判に!? 星々の海を舞台にお届けする勘違い領地経営譚、開幕!!
著 三嶋与夢 イラスト 高峰ナダレ
シリーズ好評発売中!!

オーバーラップ文庫
本能寺から始める信長との天下統一
HONNOUJI KARA HAJIMERU NOBUNAGA TONO TENKATOUITSU
重版ヒット中!
電撃大王にて
(KADOKAWA刊)
コミカライズ
連載中!!
[信長のお気に入りなら
戦国時代も楽勝!?]
高校の修学旅行中、絶賛炎上中の本能寺にタイムスリップしてしまった黒坂真琴。
信長と一緒に「本能寺の変」を生き延びた真琴は、客人として織田家に迎え入れられて……!? 現代知識で織田軍を強化したり、美少女揃いの浅井三姉妹と仲良くなったりの戦国生活スタート!
著 常陸之介寛浩 イラスト 茨乃
シリーズ好評発売中!!

オーバーラップ文庫
第7回
オーバーラップ
文庫大賞
金賞
星詠みの魔法使い
The Wizard Who Believes in a Bright Future
「キミの才能は魔法使いの極致に至るだろう」
世界最高峰の魔法使い教育機関とされるソラナカルタ魔法学校に通う上級生の少年・ヨヨ。そこで彼が出会ったのは、「魔導書作家」を志す新入生の少女・ルナだった。目的を見失っていた少年と、夢を追う少女の魔導書を巡る物語が、今幕を開ける——。
著 六海刻羽　イラスト ゆさの
シリーズ好評発売中!!

第9回 オーバーラップ文庫大賞
原稿募集中!
イラスト：KeG
紡げ、魔法のような物語!
【賞金】
大賞…300万円
(3巻刊行確約+コミカライズ確約)
金賞……100万円
(3巻刊行確約)
銀賞……30万円
(2巻刊行確約)
佳作……10万円
【締め切り】
第1ターン 2021年6月末日
第2ターン 2021年12月末日
各ターンの締め切り後4ヶ月以内に佳作を発表。通期で佳作に選出された作品の中から、「大賞」、「金賞」、「銀賞」を選出します。
投稿はオンラインで! 結果も評価シートもサイトをチェック!
https://over-lap.co.jp/bunko/award/
〈オーバーラップ文庫大賞オンライン〉
※最新情報および応募詳細については上記サイトをご覧ください。
※紙での応募受付は行っておりません。